外交官学汉语的故事

虞启龙等 主编

世界图书出版公司
北京·广州·上海·西安

图书在版编目（CIP）数据

外交官学汉语的故事 / 虞启龙等主编 . —北京：世界图书出版公司北京公司，2017.2
ISBN 978-7-5192-2411-0

Ⅰ.①外… Ⅱ.①虞… Ⅲ.①故事—作品集—中国—当代 Ⅳ.① I247.81

中国版本图书馆 CIP 数据核字（2017）第 034764 号

书　　名	外交官学汉语的故事 WAIJIAOGUAN XUE HANYU DE GUSHI
主　　编	虞启龙等
责任编辑	武传霞
装帧设计	蔡　彬
出版发行	世界图书出版公司北京公司
地　　址	北京市东城区朝内大街 137 号
邮　　编	100010
电　　话	010-64038355（发行）　64037380（客服）　64033507（总编室）
网　　址	http://www.wpcbj.com.cn
邮　　箱	wpcbjst@vip.163.com
销　　售	新华书店
印　　刷	北京博图彩色印刷有限公司
开　　本	787 mm×1092 mm　1/16
印　　张	12.75
字　　数	180 千字
版　　次	2017 年 4 月第 1 版　2017 年 4 月第 1 次印刷
国际书号	ISBN 978-7-5192-2411-0
定　　价	45.00 元

版权所有　翻印必究

（如发现印装质量问题，请与本公司联系调换）

前言 PREFACE

三里屯对于现如今的"潮男""潮女"来讲是夜店、酒吧和时尚的代名词。往前倒推到二十世纪五六十年代，使馆区刚刚规划建设之时，三里屯还是一片荒郊野岭，跟如今的繁华时尚相去甚远。在祖国外交事业刚刚起步的时候，围绕着三里屯及周边地区，面向外国驻华使团、国际组织及新闻机构的外交服务事业应运而生，这其中也包括我们这所在周恩来总理指示下专为外交官学习中文而设立的学校。

自1962年成立，几经更名，我们的学校最终被定名为"北京外交人员语言文化中心"。顾名思义，语言教学与文化交流是我们的两大业务。半个多世纪以来，包括300多位外国驻华大使在内的来自100多个国家的20 000余名外交官曾在此就读，其中包括美国前总统老布什、印度前总统纳拉亚南、柬埔寨宾努亲王等知名人士。自1983年至今，泰国诗琳通公主的九位中文老师均来自这所不为人所熟知的学校。

20 000多名学生对于现如今国际汉语教育蓬勃发展大形势下的某一所国内大学来讲，学生数量并不算多，但从70年代中期开始，我校的学生人数就常年保持在500名左右，这在当时可是一个可观的数字。我校参加了1983年8

月在北京语言学院（现北京语言大学）召开的中国对外汉语教学学会首届学术讨论会暨学会成立筹备会议，作为高校、外交、侨务、广播电视四大系统之一参与学科建设。就教学规模和师资数量而言，当时我校仅次于北京语言学院，位列全国第二大对外汉语教学单位。

我本人1992年开始教学生涯后，前辈们就告诫我：在这里当老师不同于高校，要求老师要成为"杂家"，不仅要具有较高的汉语和外语水平，还要博览群书、博古通今。我们的教学属非学历教育，且多为个别教学，学生们大多利用业余时间学习汉语，了解中国文化。语言文化中心原来叫汉语教学中心，1991年改为现名，加了"文化"两个字。这一改改得好。语言是文化的载体之一。语言是有温度的，它的背后是人文，是丰厚的文化积淀。汉语的四声调，平上去入，抑扬顿挫，音乐感十足；方块汉字是五千年中华文化的活化石，用它码成的诗词歌赋更是人类文化的奇珍瑰宝。不难理解，尽管学习汉语不是那么容易，但还是有越来越多的外国人潜心其中，并成为中外文化交流的重要力量。

我们的教师常年要对不同语种、不同文化背景、不同汉语水平、不同教学内容的"外交官学生"进行教学，教学经验极其丰富，在几十年的教学生涯中人人都是"桃李满天下"。而学生除了学习汉语外，了解中国是他们重要的学习目的之一。以我的学生为例，其中既有像前加拿大驻华大使柯杰（Joseph Caron）这样每次以党的十六大报告、政府工作报告及《人民日报》的文章为主要学习内容的"优秀生"，也有以了解中国人所思所想为主、常规学习为辅的"特别生"。记得2001年中美南海撞机事件发生后，我的学生——美国使馆武官处中士Rob Miltersen深夜给我打手机请假，说第二天要陪同美国国防武官去海南岛陵水机场紧急处理此事；还炫耀说，国防武官之所以挑选他是因为他汉语好，且爱跟中国人打交道，这得益于他经常在课堂上与我交流如何与中国人交往。

前 言

回顾我校 50 多年的历史，可以用我们校歌中的一句歌词"栉风沐雨，斗雪傲霜"来概括教师们的工作，我们常年顶风冒雪穿梭于各个使馆教书育人，有时还需忍受两国关系紧张、国人义愤填膺时去使馆上课受到同胞责骂的委屈。本书所讲述的在教外交官学中文时发生的故事可以让读者从另一个侧面了解我们的工作。俗话说得好："国之交在于民相亲，民相亲在于心相通。"我们的工作就在于通过文化交流让外交官更了解中国，用"润物细无声"的方式做好外宣。

梅笑寒

北京外交人员语言文化中心主任

2016 年 11 月于北京

目录 CONTENTS

"钻空子"的外国人　　梅笑寒 /001

曾经的邂逅——回忆我的学生们　　俞文虹 /005

老麦与爱哥　　董娟 /013

说说我的学生们　　胡鸿 /022

我的洋学生们　　胡凝 /047

我的学生何敬生　　林静 /061

第一堂课　　董扬 /067

学生们的那些事儿　　王俊香 /074

羽毛做的毛笔　　虞启龙（口述）　陶红（笔录）/084

两个学生，两个朋友　　靳风 /090

科隆旧事　　徐静华 /097

前缘后续　　张宇 /102

乐此不疲　　孙岳如 /115

春华秋实　　朱晓星 /126

小摩西的飞行梦想　　薛祎彤 /130

教学相长——记一位非同寻常的学生　　刘广新 /136

在波兰教汉语　　乌兰 /141

汉语教学小记　　任可心 /144

三尺讲台　　陈臣 /153

法尔夫妇　　林振宗 /160

Hold 住学生　　李瑜 /164

活到老，教到老，学到老　　王润弟 /173

我的学生戴克澜大使　　王本顼 /184

跟洋学生的掰扯　　杨克俭 /190

这群作者故事多！ /196

"钻空子"的外国人

>>> 梅笑寒

作者介绍： 梅笑寒，男，1992年毕业于北京语言学院对外汉语教学专业，在北京外交人员语言文化中心先后任教师、副主任，现担任主任一职。曾在中国常驻联合国代表团及中国驻悉尼总领事馆任外交官，并担任联合国国际学校（纽约）中文教师。

梅笑寒接待伊朗前驻华大使韦尔迪内贾德

外交官 学汉语的故事

作者感言： 现虽囿于经营管理，任务繁重，鲜有时间从事一线教学，但我热爱教学并醉心于中外文化交流工作，每每看到学生点滴的进步都为之骄傲，每每听到学生对我们新设计课型的积极反馈都颇感欣慰。我愿意以我的教学及管理经验，与"对外汉语人"一道架起中外文化交流的"友谊之桥"。

记得第一次上课时，得知某位学生有个响亮的中文名字"史为鉴"，我颇惊讶于其对中国历史的了解，猜想能够"以史为鉴"的老外没准儿是个"中国通"式的学者。后得知"史先生"是Ａ国现役军人，不仅身份上跟学者差着十万八千里，而且谈起话来毫无学究书生气，不但用流利的汉语介绍他以前来中国留学工作的经历，还询问我在他的祖国工作时有何逸闻趣事，对他的同胞印象如何等等，给我的第一印象是他属于那种"自来熟"的极具亲和力的人物。

史为鉴的中文水平虽介于中级和高级之间，但对他所从事的专业方面的中文知识却颇为丰富。我所教授的时事话题课多涉及南海、钓鱼岛、朝核、伊核、地区安全等国际热点问题，政治、军事方面的术语很多。史为鉴学习起来非常认真，对每个词语的意思"锱铢必较"，仔细揣摩各国政府发言人套话背后的"弦外之音"，有时还由于立场观点不同与我就某一敏感话题争得面红耳赤。我有时故意用他不爱听的话刺激他，引得他用中文表达他的立场和观点，达到了充分练习的教学目的。

课间，我们通常喝着咖啡聊些轻松的话题。记得有一次，他神秘兮兮地对我说："梅老师，你知道在中国逛公园逃票的方法吗？"这一下子吊起了我的胃口。史为鉴颇为得意地讲起了他在北京留学期间的一件事。有一次，他带着老婆孩子共四人来到北京某公园的售票处，看见规定中写着"现役军人免票"的字样，他一下子掏出了他本国的军人证并微笑着用中文要求免票。售票员当时惊呆了，跟他解释说这里的现役军人指的是中国的现役军人，外国军人不享受此待遇。史为鉴反驳说:"你们的规定里并没有写只有中国现役军人免票。"问得售票员一时不知如何作答,但仍然拒绝其"无理要求"。这个时候,史为鉴就拿出了他"自来熟、套近乎"的看家本领,用当时还不太流利的汉语对售票员讲他的祖国跟中国如何友好,"二战"期间两国如何并肩作战等等,很快就博得了售票员的好感,引得大家纷纷夸他中文说得好。眼看"钻空子"马上要得手,售票处的领导突然现身,了解事情经过后否决了免票的待遇。这时候,那个售票员反而为史为鉴据理力争:"既然规定里没有写明,那么对外国军人免票就不违规。"最终,史先生一家得偿所愿,还跟售票员交了朋友。在讲完这件事之后,史为鉴还不忘幽了一默,说他幸亏不是日本军人,否则即使说出一千条理由售票员也不会给他免票。看,他多了解中国的国情啊!

  这个故事引发了我的思考,为什么史为鉴在中国"钻空子"能成功呢?我回想起在西方发达国家工作时,当地各种规定的条文冗长,哪怕是一座街心公园也会有非常详细的使用规定,我觉得应该没几个人认真看过,甚至觉得这种"规避风险推卸责任"的做法多此一举。但细一想来,缜密的条文规定大大减少了基层管理者的"自由裁量权"。史为鉴证实,西方国家的公园也有类似中国的"现役军人免票"的规定,但对持什么证件等有详细的规定,绝不可能发生售票员不知如何是好或私自做主免票的事情。

  那么,究竟是中国人懒于制定详细的规定呢,还是不愿这样做?这里面也许有许多深层的文化原因。众所周知,中国与西方在文化上差异巨大:在思维方式上,中国人思维比较抽象,西方人比较具体;在生活态度上,中国人偏重精神感受,西方人注重实用;在饮食方面,中餐重形式,讲究"色香味",西餐讲实际,注重搭配和内在质量。体现在绘画、音乐等艺术方面,中国艺术讲究写意和意境。拿绘画为例,相比于西方绘画重"透视法"、讲究"解剖学"、贵在"形似"的几大原则,中国画多用线条,人物画不按比例、重"神韵",

特别是中国山水画法中的留白手法，就是为了给读者留下许多想象的空间，营造出一种"意境之美"。

其实，留白这种中国传统艺术的表现手法还被广泛运用到音乐、诗词、戏剧和文学作品上。留白就是在作品中留下相应的空白，如文学中讲求"不着一字，尽得风流"，音乐和戏剧中有时追求"此处无声胜有声"，判断中国诗歌好坏的标准中有"宜白不宜直"，就是为了追求一种含蓄的境界。在这些思维方式和艺术手法的影响下，中国人一直以来相比西方人更为含蓄、不外露。

在这些表象的背后，其实蕴含着哲学思想。中国人常说的"只可意会不可言传"出自《庄子·天道》，道家的解释是"只能用心去揣摩领悟深奥的道理，没法用言语具体表达出来"。而另外一个妇孺皆知的成语"过犹不及"则出自《论语·先进》，它是儒家中庸思想的具体体现，孔子把中庸看为最高的道德标准，这也是中国人所说的"分寸"和"度"。在这点上，中国古代哲学三大支柱中的儒家和道家不谋而合。

明白了这个道理，史为鉴"钻空子"成功的原因就一目了然了。首先，由于受过于抽象、不重具体的文化影响，中国的法律法规制定得不够详尽，他敏锐地抓住了规定的漏洞；其次，他意识到法规不详尽给管理者"留白"太多，有可能由售票员自己裁定之后，运用了"大谈两国友好，说汉语博得好感"的方法，让售票员"推己及人"开始同情自己并在领导面前为自己说话。这两个招数的背后体现出史先生对中国文化的了解。我由此感到，不是每个汉语学习者都能达到史先生这种对中国社会的认知程度，而这种认知不能单靠汉语学习获得，而是来自对中国文化的学习。因此，我们必须在日常的语言教学中加入更多文化知识的讲解，才能让外国人更了解中国，才能避免文化交流中的误解。

曾经的邂逅——回忆我的学生们

>>> 俞文虹

作者介绍： 俞文虹，女，巴黎国立东方语言文化学院语言教育博士，北京外交人员语言文化中心对外汉语教师。曾在国家汉办使节汉语班、法国蒙日虹中学、巴黎国立东方语言文化学院成人教育中心、法国兰斯商业管理学院担任汉语教学与培训工作。现为泰国诗琳通公主汉语教师。

作者感言： 从1997年任教至今，我的学生来自五湖四海，年龄长幼兼有。传道授业之时，学生不仅汉语知识有长进，而且会因为汉语课而热爱中国与中国文化，这是教师最为快慰之事。课堂上的很多快乐，在于教学相长，在于师生言语间的会心一笑，更在于和谐相处保持下来的绵绵情谊。我愿意以我毕生所学，做一名传递友谊与善意的文化使者。

俞文虹老师在上课

想减肥的老外

第一次教荷兰学生，是在我做对外汉语教师第二个年头上。我想象中的荷兰人，即使没有郁金香那么妩媚艳丽，也应该是娇小清纯的，而当那两位学生

外交官 学汉语的故事

像小山一样横在我眼前时，着实把我吓了一跳。她们又高又壮，古铜色的脸上绽放着太阳的光芒，有一种抵挡不住的活力。和她们接触越多，我越发喜欢她们的性格。她们的言谈话语中，透着海洋民族的豪爽与坦直。这个自古以来就围海造田、向海洋要土地的民族，有一股与生俱来的不向自然低头的豪气。

她们喜欢吃中国菜，喜欢得要命。我们讲课的时候，常常会谈到关于饭馆、点菜等方面的内容，讲到鱼香肉丝、糖醋鱼、铁板牛肉等菜名的时候，她们的眼睛里立刻显出向往的神色，而且还要仔细地询问各种菜肴的做法，仿佛每个中国人都是"义胆厨星"一样。我不忍让她们失望，绞尽脑汁回忆父母做饭的十八般武艺，以及饭馆里面吃到的美味佳肴，津津有味地讲给她们听。

"西兰花嘛，做法很简单，先在锅里放一点油，然后……"

"你们做菜为什么总是先放油呢？怪不得来中国以后，丈夫说我越来越胖了。"杰奎林一面抱怨，一面又接着问，"下一个步骤是什么？"

西方人身高马大，除了遗传的因素，还和他们的饮食有关。奶制品是他们日常生活中必不可少的，荷兰是奶酪大国，奶制品交易非常活跃，远销很多国家，和鲜花生产一样有名。杰奎林既放不下每顿必吃的奶酪，又舍不得中国饭，只好想办法减肥。在课堂上，她郑重地向我咨询有关减肥的妙诀，幸而中国在这方面并不比外国逊色。我把道听途说的减肥茶、减肥饼干、减肥香皂等统统介绍给她。没想到第二天，她就风风火火地买来一大盒减肥茶，我不得不用一节课的时间来翻译并讲解它的用法和疗效。我记得那是她学得最认真的一堂课。

想减肥的不仅是荷兰人，很多外国人在了解了中国菜煎炒烹炸的秘密之后，便开始嫉妒吃了那么多油水而身段依然苗条的中国小姐，并且这些外国学生深信，通过减肥至少可以和她们不相上下。

忽然想起另一位漂亮的法国学生，她常常夸奖自己的阿姨做菜手艺高超，尤其是红烧鱼,我曾经有幸品尝到那道著名的美味,不过是中国老百姓普通人家饭桌上的普通一餐而已,并没有什么特别的地方。法国人的饮食比较清淡,把鱼放在水里,加点油,煮上几分钟便可入口,再加几片生菜叶、开水焯过的胡萝卜、西兰花搭配,看上去如诗如画,有益身心,却因为太过寡淡,少了大快朵颐的畅快。看来这位法国学生已经开始习惯了中国菜,并不担心会吃胖自己,她经常说"中国菜好吃不好做"。我常常帮她找来中国家常菜的菜谱,她很认真地学习,做给家人吃。一次回国休假回来,她开心地说,巴黎街头的中餐馆越来越多,那些煎炒的香味隔着好几条巷子都可以闻到。我再也不用担心她回国之后会忘掉菜谱了,中餐那么受欢迎,也可以算作对寡淡的平衡吧。

中国的饮食文化博大精深,这其中的奥妙,外国人恐怕不太容易理解,尤其是一些看起来匪夷所思的食材,足以让他们发疯。尽管他们对中国人的饮食

俞文虹跟她的法国学生在做语言游戏

各有各的看法，但有一点他们都同意，生活在中国，绝对委屈不了嘴巴。

大胡子海军军官

第一次见到安思理上校，还以为自己碰到了圣诞老人，蓬松的络腮胡，海蓝色的眼睛，笑眯眯的模样，好像马上就可以伸手向他要礼物似的。第一天上课，他西装笔挺，自我介绍说："我是苏格兰军事人，海军上校。"（此处为学生原话，他想说的是"我是苏格兰军人，海军上校"。）

记得第一次给军人上课是在美国使馆，一位高个子的空军上校，有学识，中国话特棒，稍微有一点假谦虚。而这位海军上校不像美国人那样爱穿漂亮的军服上课，看上去更像一位彬彬有礼的绅士。他在潜水艇上工作了很多年，听力受到了一些影响，然而这个工作带给他一个明显的好处就是帮他戒了烟。我曾经试图打听他戒烟的秘密，他故作神秘地说，其实很简单，潜艇下潜的时候，他们头儿规定，抽烟可以，请到外面去。

别看他长得高高大大，粗犷的外表下面，是一颗极其善良细腻的心。有一次，他开车出去，正碰上一位老太太过马路，他颇有礼貌地停下来让路，并以手示意，那位老太太难得受到这样的礼遇，一时不知如何是好，于是二人僵持在马路上，同时做着挥手的游戏。还有一次这位"大胡子"到武汉出差，不巧迷了路，仗着有几分中国话的功底，他手拿着地图到处问邮局在哪儿。武汉人很热情，给他指了东边，可偏偏又有另一些武汉人不同意往东，又给他指了西。虽然他自己觉得大概在东边，可是又不好意思辜负了别人的好意，于是先往西走了一段，然后又悄悄折了回来。这个举动看上去虽然有点可笑，却让人感受到了军人外表下的细腻和柔软。

对于苏格兰人，我知道得不多，除了别具民族特色的苏格兰短裙，就是

《勇敢的心》中那个大喊"freedom"的民族英雄了。那部影片中反复演奏的风笛,悠扬婉转,如泣如诉,使我对苏格兰那片遥远的土地充满了向往。"大胡子"的同事——我的另一个学生却另有他的高见。他认为苏格兰人最大的特点是小气,和犹太人一样,紧紧抓住自己的钱袋。比较奇怪的是,这两位苏格兰人对小气的话题从来不遮遮掩掩的,相反,却常常拿出来和别人笑谈。每当涉及经济方面的问题时,他们会开玩笑地说:"哦,你知道,我是苏格兰人,我对金钱的看法与你不同。"他们偶尔也会抱怨,自己总是存钱,而太太总是取钱,他们还自称"short arm and long pocket",意思是胳膊太短够不到钱袋,把守财的功夫描画得淋漓尽致。

我想,把小气作为传家宝,并没有什么羞耻可言,珍惜手中的财富,才能够更好地创造财富,饱受战争创伤的苏格兰民族是更懂得珍惜的。还要提一句的是,过年的时候,这个苏格兰人竟也给我准备了一份压岁钱,并且按照中国人的习惯,郑重地放在了红包里。

"候鸟学生"何迈

我常常在想,为什么给有些学生上课的时候就可以那么地挥洒自如、身心愉悦,而给另外一些学生上课则会有一点拧巴的感觉?后来我渐渐明白了,自己的教育背景、文化背景所赋予我的看问题的角度、分析问题的逻辑、分享交流的表达方式如果与某些学生契合,就很可能产生惺惺相惜的共鸣。因为互相欣赏、交流顺畅,上课的时候自然就会风生水起,仿佛那些学生不是来听课的,而是专程来这里就中外文化进行探讨的。在探讨中,我也受益良多,而且越来越觉得,前生的自己有可能在地球上的某个角落曾经与他们邂逅。

何迈就是那个从来不会拧巴的学生。

一到春天，我就会不经意地想，何迈快来了吧？何迈是我们中心的老学生，在这里学习中文的历史悠久到我都记不清是从哪年开始的。他这个中文名字还是第一任教师给起的，朗朗上口，何迈很喜欢。作为一名退休的德国航空公司机长，何迈退而不休，每年像候鸟一样继续他的飞行。他从德国的汉堡飞到北京，学习一个多月，然后去计划中的中国某个城市和夫人一起游山玩水，最后又从北京飞回汉堡。

何迈每次来北京之前，都会给教学部去一封邮件预定教师以及商量上课时间。不知道从什么时候开始，每次他希望的上课教师名单里都有我。因为是集中学习，课时量很大，教学部就会调兵遣将，安排不同的教师给他上课。对于一位退休的老人来说，每天上六节汉语课对体力和脑力都应该是一个不小的考验，可是何迈乐此不疲，对每位老师给他的"加餐"照单全收。于是除了课本之外，他还学会了唱中国国歌，唱《苏三起解》，懂得中国不少口号的含义，比如"团结就是力量"，还会满嘴跑各类歇后语。如果碰上开"两会"，他就打开电脑听一听，不懂的还让老师进行讲解。QQ流行的时候学习QQ，微信流行的时候学习微信，没有他不"染指"的。经过这么多年的学习，何迈的听说读写已经达到相当高的水平了，对中国的方针大计、市井风情也是相当了解，可是他依然飞来飞去，让老师们每年都会牵挂他。

和一些为了升职、为了考试的学生不同，何迈学汉语的动机很简单——因为快乐。他其实不用大老远地跑来，花时间花精力花金钱地坐在那里，这份简单的执着一直让我非常感动，当我对什么东西感兴趣却坚持不下去的时候，我就会想起他。每次来北京的第一天，他都会把他寄存在学校的一辆自行车推到修车铺，得意地对师傅说："请帮我擦得亮亮的。"那辆焕然一新的自行车就是他快乐学习的开始，每天载着他从酒店丁零丁零地到学校。我有时候问他："回德国之后那些汉字忘记了怎么办？"他说："没关系，我和我夫人经常复习。""怎么复习?""我们把汉字做成卡片,在家的时候或者出去旅行的时候拿出来,夫人问我来回答,答对了就放在一边,答不对会受罚。"我眼前立刻浮现出这对老夫妻摆弄汉字卡片的情景,这种"娱乐"活动,也太高大上了吧!

具体怎么给他上课的,可惜我现在已经记不清了,印象最深的就是课堂上的笑声,每次上课他的幽默都会让我们的课堂充满欢乐。比如我给他讲中国人形容美女的时候常常说眉毛像弯月,樱桃小口,手指如小葱,他假装皱着眉头看看自己的手,说:"我的手像洋葱。"带他坐公共汽车去参观时,他会故意坐在售票员的座位上,拿出钱包像模像样地表演售票员卖票,引得乘客偷偷地笑。有一次因为给他留了一些家庭作业,他说:"我受不了了,要给负责人写信。"我说:"好啊,你写写看,不会的我帮你改。"于是他晚上就把这封信发到了我的邮箱里,看得我都快笑抽筋了:

申诉 控诉 抗议

老板:

你好。我是何迈,北京外交人员语言文化中心的乖、好学生。直到现在我觉得学校的老师很不错,可是……

突然上星期五差不多下课的时候,俞老师(不是干钧于老师)出了一个主意很无情:

她让我做作业!!!

她太过分了。我请您了解。我完全不习惯做作业,此外是周末的时候。大家祝周末愉快,而我应该没有愉也没有快,应该自己吃苦头。我对这样的境况表示抗议。这是有阶级的社会。老师享受周末浪费钱、坐劳斯莱斯吹吹风、点数她的值钱的硬币,出去吃国际俱乐部的美食、穿上香奈尔五号,可是学生在监狱一样的小房间受折磨、精神抑郁,在苦海里游泳,非骑脏车不可,骑得发疯的一样。这没有正义,是和列宁以前的条件一样。我们学生起来!不愿做奴隶的人们。

老板,我的要求是:改变这个无度的境况!

如果什么都没有用我就跟苏三一起离开北京县。

何迈

好吧,这就是我的学生,让人哭笑不得的何迈。我喜欢这样的学生,也喜欢做这样的汉语教师。语言不是语法和词汇的罗列,语言是一国文化的载体,而认识一个国家的文化,往往是从感受那个国家活生生的人开始的。若干年后,我们不再是那些"歪果仁"的汉语教师,他们也许很快会把我们忘掉,但我相信我们在他们心里种下的温暖,肯定会在不经意间,悄悄地传递。

老麦与爱哥

>>> 董娟

作者介绍： 董娟，女，毕业于中国人民大学、北京师范大学，2004年至今在北京外交人员语言文化中心从事对外汉语教学。

作者感言： 从事对外交官的汉语教学，我觉得最大的收获是可以扩展视野、增广见闻、改变视角。中国文化博大精深，学无止境。我要学的仍然太多，特别是从学生那里。我信奉的人生格言是：不乱于心，不困于情，不畏将来，不念过去，如此安好！

董老师班级课

老麦二三事

老麦，澳大利亚人，英国某报驻京记者。此刻，我们面对面坐在星巴克明亮的落地玻璃窗前。秋日的阳光很温暖，透过玻璃却很刺眼。他看上去有些憔悴和疲惫，灰白的头发显得愈发稀疏，充满智慧的脑门裸露在暖阳里闪闪发亮。

外交官 学汉语的故事

那是2008年初秋,由美国的次贷危机引发的国际金融危机席卷了全球。他貌似淡然地跟我谈着当前的国际形势和急转直下的经济状况,但是眼神里还是流露出些许无奈的焦虑。他时不时瞟一眼手机。他的澳洲老乡们不断地给他发着信息,试图从他这里得到一些有价值的信息。

"现在,美国要靠中国。世界也要靠中国。"他喃喃地,像是自语,又像是对我说:"中国共产党真是了不起,能把这么大一个国家治理得这么好,现在中国越来越有钱了。"

赞美共产党的话从他嘴里说出来,多少让我有些意外,同时也觉着欣慰。我不想再谈论这个又大又复杂的话题,于是调侃他:"老麦,跟四年前比,你可变多了。"

"变老了?"他故意回避话题,有点儿扭捏地瞟了我一眼。

"不是!我是说,你的思维方式和对中国共产党的态度。"说这话的时候,我的眼前浮现出当年我们初见的情景。

四年前,老麦刚到中国上任,对中国的情况不甚了解。上课的时候,对中国人、中国政府有颇多抱怨和微词。一次,因为对人权和领土问题的意见相左,我俩吵了起来,最后争得面红耳赤,不欢而散。作为中国人,我保住了祖国的尊严,可是作为老师,跟学生吵架毕竟不是什么好事。事后我以为他可能再不来上课了。当时心想,爱来不来吧。没想到第二天,他又颠儿颠儿地跑来,一脸真诚地跟我道歉,说昨天有点儿激动,冒犯了我,请我原谅。自此,再谈论时政时,他再不像以前那样肆无忌惮,而是越来越谨慎,也越来越客观。光阴荏苒,转眼四年过去了,他像变了一个人。我惊讶于时间和这个伟大的民族对一个人的影响与改造。

"你对中国,还有中国人,越来越了解了。"

"哪里!我只是刚刚知道一点儿。"对我的夸奖,他竟然有些羞涩,"我对中国人还是不太了解。"

"是啊！中国人是很难懂。我们有位教授叫易中天，他说，中国人都不懂中国人，更何况是外国人。比起有些外国人，你已经很不错了。"

他只报以一笑，不再答言。

在日积月累的灌输中，中国人印象中的西方和西方人应该是腐朽的、堕落的、骄奢的。可是这些年跟西方人接触下来，我才发现那些评价是多么不实，甚至是污蔑。老麦就是很好的例证。

时值金融危机时期，我们上课的话题多与经济、金融有关。一次课上，我提到了一位中国当今很受大众追捧的中坚派经济学者。因为他忧国忧民的言论和充满豪情的仗义执言，我对其颇为敬佩。于是兴致勃勃地在老麦面前夸赞他。老麦却不以为然，说："那个人我认识。他不是好人，不是真正的学者，是一个 contemptible scoundrel（跳梁小丑）。"他的话里带着轻蔑。我惊愕地说："你凭什么这么说？"老麦看了我一眼，好像很不愿意提及这事儿，沉吟了一下，慢慢说："我采访过他一次。那天他非要请我喝酒，身边还带着一个漂亮的女孩，看样子比他小很多岁。他说是他的'小蜜'。他跟我说，他的那些言论都是为了迎合大众的口味，这样会很快出名。"

我不敢相信，瞪大眼睛看着他，说："不可能！他怎么可能跟你说这些话？"

"可能他觉得我是外国人，没有危险吧，而且他还喝了很多酒。"

"我不信，你是在编故事吧？"

"我干吗要骗你？！"老麦一副无所谓的样子，"play to the gallery，这个成语用汉语怎么说？"

"哗众取宠。"

"对！他就是哗众取宠。"

外交官 学汉语的故事

且不说这段公案是真是假,单凭老麦对这件事的态度便知他是怎样一个人了。这也给我上了一课,以后看人评事还真不能凭表面现象就下结论,没有深入的研究了解就别人云亦云、随波逐流,免得害己误人。

老麦在语言方面极具天赋。课上学的生词句型,他能立刻领悟并举一反三,融会贯通于日常生活。从平时聊天的只言片语里,我还得知,他在投资方面也颇具才干。凭他对经济和金融的敏锐洞察力和绝顶的聪明,该是身家不菲。可是,他对物质的要求却极其简单朴素。他每次来上课,换来换去穿的总是那么两件衬衫,配一条旧牛仔裤。衬衫一件蓝,一件白,蓝的那件袖口已经磨毛了边儿。上课前,他会在学校对面的超市买杯咖啡和一个面包或三明治之类的当早饭。

一次上课,他来晚了,左手拿杯咖啡,右手捏着书本,急匆匆地冲进来。见着我连声道歉,说来晚了。我搭眼一看,竟然发现他左手袖子插肩的地方撕了个大口子,很狼狈,忙问他出了什么事。他说,刚才从超市买咖啡和面包出来,一个乞丐带着一个小男孩跟他乞讨,小孩不停地扯他的袖子,一不小心就撕坏了。我听了,呵呵笑着揶揄他:"你这衣服可够结实的!"他嘿嘿一下,不以为然地说:"这衣服也该换了,都七八年了,还是我在泰国工作时买的呢。"

"他们把你衣服弄破了,你没跟他们急啊?"

"反正都破了,急也没用。他们看上去挺可怜的,尤其是那个孩子。所以,我把面包给他了,还给了那个乞丐一点儿钱。"

"他们可能不是真的乞丐。说不定家里有楼有车,比你还有钱呢。"

"嗨!没什么。当一个人伸手乞讨的时候,他就已经是乞丐了。"

老麦的话让我汗颜,这样的心胸和见识真不是一般人能有的。

跟老麦打交道很简单,也很直接,任何时候都会让人觉得心里干净、舒坦。我们的话题可以涉及政治、经济、金融、社会，甚至家庭琐事，每次对话都会让我受益匪浅。白驹过隙，学生换了一茬又一茬，能留下来的、能记住的本就不多，能从他们身上受益的更是少之又少。而在老麦身上，我却学到了很多很多。

有一次，因为老麦有个紧急采访，为了节省时间，我需要到他的办公室上课。他的办公室不大，陈设也很简单。一张写字台，两把椅子，一组单人沙发，一个满满登登的大书架，到处堆满了报纸和杂志。不过，打扫得很干净。靠门的墙上挂着一张中国地图，旁边贴着一张类似海报一样的照片。照片上，他略弓着腰，满脸笑意，一左一右拥着两个脏兮兮的亚洲孩子。孩子们眼睛黑亮黑亮的，皱红的小脸儿，羞涩地笑着，露出白白的牙。我在照片前端详着，问："他们是谁？"

"这是我认养的孩子。他们是柬埔寨人，是兄妹。他们是孤儿。"

"他们跟你在北京吗？我怎么没听你提起过？"

"他们还在柬埔寨，在一个政府的儿童福利机构里。我总是出差，不方便带他们。我每个月给他们寄钱，一个星期通两次电话。"

"抚养孩子可不是件容易的事儿。"

"我知道，但是他们需要帮助。我是在一次采访中遇见他们的，我觉得他们需要我。"

"你打算以后怎么办？"

"不知道。以后条件适合，可能会把他们接到身边。"

我冲他跷起大拇指。对于一个善良的、拥有一颗悲悯之心的人，任何溢美之词都是多余的。

时间过得真快，一晃四年，老麦就要离任了。此刻，我们面对面坐着，一个朝东，一个朝西。我们的头时而凑在一起，时而分开，悄声低语。光阴"咔嚓"一下把这个瞬间定格在记忆里，烙成了一抹挥之不去的影像。

"男孩子"爱哥

认识爱哥是在班级课的花名册上。头一眼看见这个名字时，我心里嘀咕，这是谁给取的这么个倒霉名字呀？从哪儿来的这尊神？上来就爱？因为这个名字，所以上课的时候对爱哥就多留意了几分。

爱哥，非洲某国驻华使馆行政官。三十多岁，中等身材，敦敦实实，标准非洲人。圆头圆脑，双眼皮大眼睛，趴趴鼻子厚嘴唇，一笑露出一嘴整齐的白牙。每次来上课，都是西服笔挺，有款有型，浑身上下透着一股利落劲儿。

第一次上课，为了让大家互相认识，我让学生们每个人都做一下自我介绍。轮到爱哥时，他有点儿紧张，瞪着黑白分明的大眼珠子慢吞吞地说："你们好！我……我叫爱哥。我们，男孩子，非洲人。我……爱运动和旅行。""男孩子？"我有点儿犯愣，不明白他想说什么。有学生听懂了那个词，嗤嗤地偷笑，用英文问他："有人说你是女孩子吗？"这话引得学生们哄堂大笑。爱哥不好意思地搓着手，嘿嘿地憨笑了两声。从此，爱哥就有了这个诨号——"男孩子"。爱哥并不以为意，后来"我们男孩子"倒成了他的口头禅。比如，做活动需要搬桌椅，他会说"这得我们男孩子做"。谈论运动话题，他会说"我们男孩子喜欢……"。开始听他说"我们男孩子"的时候，怎么听怎么觉着别扭，后来听习惯了，也就随他去了。

有一次上课，过了一刻钟了，爱哥还没到。后来我接到他的电话，说他在路上遇到交通事故，有人受伤了，他得帮助那个人，要晚到一会儿。一节课后他才急匆匆地赶来，大家好奇地问他发生了什么事。他说，在一个十字路口，一辆汽车把一个骑自行车的女人剐倒了。那个女人受了伤，不太严重，但是情绪很紧张。他和一个过路的人一起帮那个女人报了警，还跟她说话安慰她。后来，警察来了，他才离开。大家听了，夸赞他见义勇为，有人还竖起拇指说："You are a good boy!"爱哥听了呵呵笑："对！对！我是男孩子，我得帮她。"

语言学习的好处在于，师生之间一旦建立起信任关系，有些性情开朗的学生会对老师无话不谈，上课时的话题包罗万象，甚至涉及个人隐私，让人有种阅遍世间沧桑的感觉。班级课结束后，爱哥继续跟我上单人课。有段时间，他上课总是心不在焉，我也不便多问。一天，他终于忍不住对我说："老师，你们中国人是不是不喜欢黑人？是不是看不起我们？"我当时一愣，问他："你为什么这么说？"他郁闷地说："为什么中国的女孩子不喜欢跟黑人交朋友？"我一听就明白了个大概，恐怕是这小子想跟我们中国姑娘交朋友碰壁了。碍于师生关系和他的面子，我敷衍他说："怎么会呢！你想多了，我们中国人不种族歧视。"我以为这事就此告一段落，没想到时隔不久，他又问了两次类似的问题。弄得我有点儿不耐烦，于是不太客气地教训他说："你怎么知道人家不喜欢你？是她拒绝你了，还是你自己这么觉得？有时候，你想的不一定就是事实。再说，如果你德行好、品行端、心地善良，无论你是什么肤色，什么长相，哪怕你长得跟卡奇莫多（Quasimodo，小说《巴黎圣母院》中的角色）似的，都会有人喜欢……"不知道是我的话说重了，还是他有所领悟，从此以后，再没提过这事。

爱哥是非洲人，自然长得黑。人们总是很忌讳在黑人面前提"黑"这个字，觉着不礼貌，或者显得歧视。其实那是分别心在作祟，因为分别心所以才有了高低贵贱之分，才有了歧视与偏见。佛说，众生平等。造物主给了我们不同的肤色，必然有他的道理。自从我们就肤色问题进行探讨之后，爱哥对此倒是慢慢有了一副平常心，甚至还拿这个话题自娱自乐。

有一次上课学颜色，学到"黑色"时，他突然对我说："老师，我太黑了！

外交官 学汉语的故事

真的!"他说得诚恳,我却忍俊不禁:"这话怎么说呢?"由于汉语表达能力有限,他索性用英语给我讲了一段他的趣事。一次,他坐红眼班机回国。那是初春的午夜,收拾好了行李,他提早下了楼,等使馆的司机接他去机场。时间还早,天上乌云密布,小区里已经熄灯了,四周漆黑寂静,他又冷又困,索性坐在门卫岗亭边的椅子上,把头整个缩进大衣里打盹儿,迷迷糊糊地就睡了过去。这会儿车到了,司机停了车等了会儿,见没人过来,就下车到单元门口张望。转了一圈回来,路过岗亭,爱哥也正好听见声音醒来,抬头张望,黑白分明的眸子在黑暗里闪着光。这一下着实把司机吓了一跳,"哎哟!"司机吓得叫出声来。原来爱哥穿着深色的衣服,又蜷缩在暗处,司机路过他身边都没注意到那儿还坐个人。爱哥虽然觉得尴尬,但却乐不可支。

有时候我真的很感叹:我们这个伟大的国家真是神奇!任何一个来到这里的外国人,在这儿待上三年五载,吃着色香味俱全的中国菜,结交着疏财仗义的中国朋友,熏陶着重情重义的孔孟之道,潜移默化中他们就变了。

半年后的一次小型朋友聚会上,爱哥带来个中国女孩,满脸甜蜜地给大家介绍,这是他的未婚妻。女孩中等个儿,很苗条,算不上漂亮,但是很端庄。聚会上人不多,而且多数是中国人,所以大家很快就混熟了。有好事儿的撺掇爱哥和他未婚妻讲讲他们的罗曼史。女孩看着爱哥,半英文半中文地征求他的意见。爱哥倒是很大方,"我们认识在火车上。"他笑嘻嘻地说。

"是。我回家,他去旅行。他正好坐我对面。"女孩接着说,"他总找机会跟我说话,我不理他。……后来,我饿了,突然很想吃火锅,就问他喜欢不喜欢吃火锅。"

"哦!原来是在火车上,吃着火锅,唱着歌儿,后来不会也被麻匪劫了吧?"(姜文电影《让子弹飞》经典台词)一位爱开玩笑的大姐打趣儿。在场的中国人都哄笑起来。爱哥不明所以,一脸茫然地看着大家。

"呵呵……麻匪倒是没遇到,可是我的包儿丢了……"女孩悠悠地说,"后面的事儿我就不说了吧?"

"就这么轻易地把我们中国姑娘骗走了?这也太便宜他了?"有人煽风点火。

"开始我没那意思,架不住他狂追啊。"女孩满脸幸福。

"听说非洲人娶亲,男方都得给女方家送牛作聘礼。爱哥送了吗?"有人故意挑事儿。

女孩一时语塞。有人把这些话翻译给爱哥。"是要送的,可是我家离这儿太远了,空运几头牛来太不方便。我保证把我的一切都给她,包括我自己……"他自我解嘲地说。后面的故事,当事人语焉不详,大家也就没深究。总之,爱哥英雄救美,最后得偿所愿抱得美人归。祝福他们吧!肤色没有贵贱,爱情更没国界。

说说我的学生们

>>> 胡鸿

作者介绍： 胡鸿，男，1984年毕业于华中师范学院（今华中师大）中文系，后于北京师范大学获得硕士学位。少年做过放牛郎，修过水库，写过诗，曾有过做职业农民、供职政府部门、参加中央讲师团、担任建筑工地英文翻译的经历。1989年至今，在北京外交人员语言文化中心从事对外汉语教学工作。曾率队赴印尼棉兰开办当地首家大陆背景的中文学校，被政府委派在联合国国际学校（纽约）工作多年。

胡鸿老师与美国使馆班级课学生合影

作者感言： 此生有幸接触来自世界各地不同文化、不同肤色、不同信仰的外国官员、公司职员和青年学生，为他们教授汉语、阐释中华文化，同时有幸为这些不同的文化所启发和感动，有机会从不同的视角反观自己和自己一直为之骄傲的文化，每有所悟，便觉生活像饱满的谷穗一样沉甸甸。假如有机会重新选择人生，没准我还选择做个对外汉语教书先生。

庄百里

庄百里，M国驻华海军武官、上校，外表不似他的军阶，因为一般人到了他这个级别、这个年龄，都有一点发福。庄百里没有，他是那种跟年龄较劲的军人，每天都要来个半程马拉松。"现在陆战队的这些小伙子们，跟他们比百米冲刺我比不了，但要是拉出去跑五英里以上，跑得过我的不多。"他朝使馆岗亭一努嘴，颇为自许地说。

这我信，虽然我只见过一次他跑步。那是在塔园外交公寓里，他就住在这个公寓。一个周末的下午，天阴阴的，我在公寓的露天篮球场练习投篮。一个瘦瘦的身影在篮球场边的车道上，一会儿跑过来，一会儿又跑过去，那人正在沿着公寓里的车道跑圈呢。大概一个多小时过去了，我练完了篮球，准备回家，在车道上碰到了还在跑圈的人：不是别人，正是我的学生庄百里。他停下来，微微一笑，把耳朵上的耳机拿下来套在我的耳朵上。里面是我的声音，那是我帮他录的一个故事，说的是一对老夫妇的爱情：老头儿上了年纪，非常健忘；老太太呢，身体不好，到哪儿去总喜欢拽着老头儿的胳膊，嘴里说着"亲爱的，别把我丢了"。老头儿把老太太的这句口头禅录了下来，用来取笑。后来，老太太先他而去了，老头儿就把录下的这句话存进一个能够遥控感应的录音器里，跟钥匙挂在一起。老头儿找不到钥匙了，就按一下遥控器，挂在钥匙上的录音器就会说"亲爱的,别把我丢了","亲爱的,别把我丢了"。庄百里一边跑圈,一边听着我给他录的录音,一遍遍地重复那圈车道,重复那个故事。

"跑了多少圈了?"我问。

"不知道。再跑几十圈。"他跑的速度也不慢,看起来很享受这种锻炼,也很喜欢那个故事,虽然录音者的声音是鸭公嗓。这么深情的爱情故事,肯定也是每个军人喜欢的,因为军人的爱情大都也是这么简单执着而深沉。庄百里跟我讲过他的爱情,故事可以说是普通甚至老套。二十多年前,他训练时受了伤。当他在医院的病床上醒来时,周围一片洁白,洁白的床单,洁白的墙壁,身边还站着一个美丽的护士小姐。护士小姐柔和的问候和甜美的笑容,让他立刻就融化了。他说他像拿下一个山头一样很快就获得了护士小姐的芳心。这样的故事如果在电影里看,顶多会让我莞尔一笑。但面对面听一个职业军人认真地讲来,却让我心头一震,像被清冽的泉水洗过一样。

庄百里这个名字是他的第一位中文老师给取的。一是模仿他的英文名字的读音,二是取"行百里者半九十"的意思,以砥砺他作为一个军人的意志和毅力。他非常喜欢这个名字,还请名章篆刻家刻了一方印章。

庄百里学习的方式非常独特。在跟我学习的头大半年里,他只学习两个东西:一是华东某市电话号码簿,一是 M 国军事外语学院出的汉字字频统计表。学习电话号码簿的方法是:他照着电话号码簿一个单位一个单位地往下读。我觉得非常奇怪,读这个干什么?他说,读这个好,一个社会里的各个行业各个机构都有了。我心里当然清楚,作为一个武官,他的一个重要任务就是搜集情报。一次,他眯眯笑着透漏了机密:"我知道这些 34XX、35XX 等等号码工厂是做什么的。"这我真不知道。他便跟我列举到哪个是做军大衣的,哪个是做军用皮鞋的,哪个是做军舰部件的。学习那个字频统计表就更神了。那只是一个字表，分顺序号码、简化字、繁体字、拼音、意义、组词六大列，好几十张。每一张有30多个，一共有2 000多个汉字，按照汉字使用的频率统计顺序，排列而成。他的工作就是一个字一个字、一页一页地过，学习时先盖住下面的汉字，一个汉字一个汉字地显示，然后读出字音，并说出一些常见词组来。遇到不会的就做个记号，下次就专门过那些有记号的字。要是有记号的字也很熟了，他就用他粗大的操弄军舰缆绳的手捏起一块比烟屁股大不了多少的橡皮，动作夸张地把那记号擦掉。我心想：这么单调乏味的学习方法，也只有军人才会采用。最简单的往往也是最管用的，就用这样的硬办法，他生生把那些汉字的读音和意思都"记"下来了！

尽管汉字学得有声有色，记住了那么多的汉字，但是读起文章来就没有那么顺了。他似乎有些愤愤不平的样子。我告诉他，其实汉语学习还有更有效的办法，那就是把词语放在语言环境里去学。大量的有意义阅读会增加你的语感，事半而功倍。开始读会觉得很滞涩，慢慢就会有感觉了。凭着我们逐渐建立起来的信任，他相信了我的话，我们就选了一本中级汉语阅读教材，一篇一篇地读起来。其实他原来做的那些苦工是很有用的，汉语本来就是这样一种语言：字（其实本来就是词）本位，讲究融会贯通。当他发现他的阅读越来越顺、越来越有新的感悟的时候，他就喜欢上了这种广泛阅读的方法。

我们的课越来越轻松、越来越有意思，总是充满笑声。针对他的水平和能力，我也不忘布置一些课外作业，主要是阅读和关键词语预习。他感到学习汉语并不是那种苦哈哈的差事。后来他还介绍了使馆的空军武官和技术专员来跟我学习。说到技术专员，我得多说几句。"技术专员"这个称呼是我给取的。第一次见到技术专员，40岁不到的样子，喜洋洋的神气。他递给我一张名片，上面写着"头衔：战士"。我不禁好奇："你真的是'战士'吗？"他一脸满足的笑意，答道："是的，我是一个上士。不过我是技术志愿军人，为海军陆战队服务。"这个"战士"在海军已经干了好多年了，他的级别虽然不高，但是工资不低，生活照样很潇洒。西方的用人制度值得我们玩味。

课堂上除了学习，我和庄百里有时候还在空闲时谈一些个人琐事，成了朋友。有一段时间里，他焦虑地等待一个消息：关于他被提拔为将军的消息。他已经是上校，按照他的资历和能力，还有年龄，他有资格申请在军衔上再上一个台阶。对于这么一个认真且努力的军人来说，升为少将那是多大一个荣誉。况且到了他这个年龄，奋斗了一辈子，如果晋升成功，那就算是圆满了。那段日子，我喜欢跟他开玩笑，称呼他为将军。他虽然很喜欢这个称呼，但是苦笑着摇头，作色制止我：不要开这样的玩笑。

一个晴朗的早上，他要了两杯咖啡，脸上可以看到一点笑意。

"评上了？"我问。

"没有。他们嫌我的年纪有些大了。"说完这一句，他脸上的笑意一下子就没了。原来的笑是装出来的。接下来，他军人的本真性格一下子就显露了出来，止不住的沮丧和失望，长吁短叹了好一阵子。我试着安慰他，但那些安慰太轻飘了，我也知道。

三年的时间很快就过去了。许是 M 国军方为了抚慰他，给他在退休前安排了一个好差事：去 M 国在香港总领馆任军事一把手。这给了他些许安慰，他告诉我这个消息后，很郑重地说："你还有你的家人到了香港，一定要告诉我，我会开着军舰带你到维多利亚湾兜风。"尽管这个提议有些后殖民时代的意味，但我相信他的心情是晴朗的，邀请也是真诚的。

临别前，庄百里特地在 M 国使馆附近的一个饭庄安排了一个谢师宴，邀请我和家人一起吃饭。因为饭局在中午，我夫人和孩子上班的上班、上学的上学，都不能参加。但是庄百里要了满满一大桌饭菜，一共十来个盘子。"就我们两个人，怎么要了这么多的菜？"我说。

"我本来是请你的夫人和孩子一起来吃的。既然他们忙,那就给他们带一些回去吃。"那是90年代后期,中国改革开放都快20年了,中国人到餐馆去吃个饭也算是平常事,但是,庄百里这份盛情、这份纯真,的确让我感动了好一阵子。

奚伟德

如果要我谈一谈我教过的学生,奚伟德(我们叫他奚先生)是我不能省掉的一位。

奚伟德,瘦高个子,德国人,50多岁的样子,体型面貌20年不变。德国奥斯布吕克大学经济学教授,奚伟德集团董事长兼总裁,德国前总理施罗德的经济问题顾问组成员,德国中小企业协会主席,哥斯达黎加驻德国名誉领

奚伟德先生得了贵宾奖

事，一个兼学者、企业家、名誉领事和马术爱好者多重身份的中文发烧友。

我已经记不清楚是谁介绍他来的，但开始上课的时间大概记得，应该是在1999年夏天的某个日子，因为2008年我们举行了他跟我们一起学习中文10周年的纪念活动。纪念的形式是他出资，请他的两位老师——石老师和我，还有我们各自的夫人一起，在湖广会馆，一边品茶一边欣赏曲艺表演。

第一次见面是在长城饭店17层的一个客房。他自我介绍："我姓奚，溪水的溪不要三点水，伟大的伟，德国的德。"这个介绍让我吃惊不小。他说他自学中文已经20多年了，自20世纪60年代开始，他就开始关注中国的"文化大革命"，关注中国的经济发展，而且认定中国以后一定会成为重要的国家。作为一个生意人，他肯定也要把生意做到中国来。因此，他开始自学中文，从《毛主席语录》开始。那时候能够拿到的中文材料，最容易的就是毛主席著作的中德对译版本。他说他不只是想学习简单的对话，而是要对中国文化、中国复杂的社会现实有较深入的了解。第一次课下课以后，我就去了书店，专门给他挑选了一本赵燕皎老师编写的《参与》，按照出版社的说法是中级汉语教材。这本教材从不同的侧面介绍了当代中国社会各个层面的现状。20世纪八九十年代正是中国从大公有制到私权得到普遍认同、从传统到现代化、从集体主义大合唱到个人趣味的小独奏、从村民生态到市民生态的大转变进程的启动时期。《参与》共14课，或者说14个单元，选取了若干典型的社会问题，正好符合奚先生所说的要求。

第二天，我让他开始念第一课的第一句。就这第一句，我就后悔了！那时候奚先生的阅读能力还远远没有达到这本教材要求的程度。第一句话"在我家，上有老，下有小，我是个又当儿子又当父亲的中年人"，奚先生就让我做了四个卡片。它们是：上有老下有小、又……又……、当、中年人。说实话，我都有点开始泄气了。奚先生不紧不慢地从提箱里取出一个漆黑的精致的小匣子，打开匣子,是一整匣子的卡片。他取出一张卡片,放在我面前的茶几上,然后又拿出一只金灿灿的圆珠笔,压在卡片上,说:"帮我把这些词写下来,我回德国后要学习这些生词。"我就帮他写生词卡片,碰到一个写一个,我还在卡片的反面加上我自己造的句子,这些句子都是我认为他会感兴趣的内容,实际上也是。一般程序是:我用这个词造好几个句子,然后察看他的表情,如果听了我的例句,他的眼睛有些发亮了,或者脸上的纹路开始飞扬了,我就把这个句子写下来。

奚先生说他每年都要来中国一次,在中国逗留一两个星期,在这一两个星期里,他都会安排三到五天时间专门来学习中文,每天六节课,上午三节,下午三节。我上上午的课,下午是我们中心的石老师给他上课,我们都称呼石老师为石老爷子。我讲精读,石老爷子讲会话。由于生词太多,我们在课文上的进度极其缓慢。整个三个小时过去了,我们才读完一个自然段,一共才六行。

"太难了,我们换本教材吧。"我对他说。

"不,这本教材很有意思,我喜欢。"他坚持说。

四个上午,我们一共学了不到 20 行。第一个短文还没有学完,可是奚先生的卡片已经记了一大摞。就我个人来说,我一点成就感也没有。心想:"照这样的学法,什么时候能把这本书学完呀?"奚先生没有一点失望的情绪,相反,他看起来学到了很多东西的样子,情绪饱满,说:"很好,学到了很多东西。明年这个时候,我还要来,继续学习这本书。"

我想:这当然是客气话,说说罢了。在语言文化中心,我们的学生随任期来随任期走,一拨一拨的。像奚伟德这样的临时性的学生也不少,大都是教过了就教过了,用不了多久也就忘了。

时间过了一年。也是一个夏天的早上,我吃完早点,洗漱完毕,接到一个电话:"你好,胡先生,我是汉斯。"

外交官 学汉语的故事

"汉斯？哪个汉斯？"我心里说。然后又对着话筒说："嗨！你好！你是汉斯？对不起，是哪个汉斯？"因为我认识好几个汉斯。

"我是汉斯·奚伟德，我现在在长城饭店。"他说的是英语。对奚伟德的英文名字，我一点感觉也没有。但是"长城饭店"提醒了我，我一下子想起来了，就是那个德国学生。12个小时才学完20行课文的印象毕竟太深刻了。

在电话里，奚伟德说他现在住在长城饭店，希望开始学中文，最好现在就开始。

我在书架上不太费力地找到了那本搁了一年的《参与》，谢谢老天，还在！我翻一翻书，一张书签还夹在第一页。

到了长城饭店，我们寒暄了几分钟，接着就开始上课。奚先生拿出那个我熟悉的漆黑的卡片匣和他的教材《参与》，我也拿出我的教材。

"接着去年学到的地方开始往下读？"我问。

"好。"他平静地回答。

我实在忍不住好奇："去年学的都会了吗？"

"会了。"

"这样吧，我们先把去年读过的读一遍，复习一下。"我真的不敢确定他都会了。

奚先生拿起书，开始字正腔圆地读起来，很流利，20行课文，很快就读完了。我想，我的眼睛一定睁得非常大，从他略带诡异的笑容里，我能读出来。后来的十年时间里，奚伟德一次又一次地证明了日耳曼人说到做到的实诚劲儿！每年（次）的学习，他都要带一大摞卡片和我帮他录好的录音回去，第二年这些录音都听得滚瓜烂熟了，卡片上的词语也都能认能懂了。后来他在德国还请了个家庭教师，两边同时努力，不到十年的功夫，他就把这本中级程度的阅读课本精读了一遍，全面掌握了里面的词语和文化内容。前几年，他的公司在安徽省合肥市开办了分工厂,他还用中文做了演讲。这都是后话了。

读完了去年学的内容,紧接着,我们就跟去年一样,一句一句地读,一个卡片一个卡片地记。由于课文都是选取的有关中国现实的各种问题,奚先生对这些都非常感兴趣,因此我们常常停下来讨论。常常是我把某个问题的来龙去脉、历史渊源、传统观念和现实困惑做一个梳理,解答他一些问题,或者跟欧洲的类似问题做些比较。这样的课有深度,有味道,我们都很喜欢。

奚伟德喜欢把学过的词语在现实对话中尝试着使用。比如某天天气好了,他就会说:"今天……(想一会儿)……秋—高—气—爽!""秋高气爽"四个字往往是大声地说出来。比如要形容某个不好的东西,他会很快地说"乱七八糟",一边说还一边来回煸动手掌,像要扔弃某个脏东西一样。奚伟德集团的生意除了在中国外,主要集中在欧洲中东部地区,这些地区的一个共同特点就是政府方面掌握了大量的权力,开设企业的主要障碍或者说关键是政府部门。我问他跟这些政府官员打交道感觉如何,他立起右手掌,在眼前坚决地划了一个半圆弧,说:"无官不贪!"说这四个字时他不假思索,看来这个结论在他的心中已经重复下了好多次了。

奚先生是个大忙人,他的日程基本上是以年为单元事先安排好的。未来12个月内,他的所有日程基本都由秘书安排好了,奚伟德集团公司的生意遍布德国、法国、俄罗斯、波兰、乌克兰,如今又把分厂开到了中国。他说他有一多半的时间都在飞机上和汽车上,每两年就要换一辆奥迪A8,因为每年汽车的行程都得小十万公里。因此他说"明年这个时候我还要来学习"时,那绝对是照着他的日程表说的。

2008年,我前往联合国国际学校(纽约)任教,一走就是五年半。在这五年半的时间里,奚伟德仍然坚持每年来北京,仍然坚持每次都抽出时间来学习。我们中心先后派出了(除了石老师和我)孙、印、庄等好几位老师。我在纽约工作期间，奚先生还两次顺道去纽约看了我，一次是我请他吃美国快餐，一次是他请我吃美国的中餐，都是一边吃，一边用中文聊天，聊了两个小时。奚先生说等我回到北京后，他还要跟我继续学习。"活到老，学到老。"他笑一笑，颇有点炫耀地说。奚先生的中文学习能坚持这么多年，而且仍然保持对中文的新鲜感，一方面缘于他的生意有这方面的需求，一方面也缘于他持之不懈的毅力和执着。我们都说德国人非常认真，奚伟德先生就是个很好的例子。

麦 肯

聪明人有三类，大抵都可以从眼睛里看出来：一类是眼神锐利、机锋毕露，这种人在跟你谈话时，眼睛会直视着你，等你一说完，他就立即指出你的错漏之处，告诉你"事情应该是这样的……"；一类是眼神如静养中的猫咪（不是波斯猫），似乎总是在打瞌睡的样子，眼睛微眯着，什么事情都一副不以为然或者了然于胸的样子，这种人有拒人于千里之外的感觉；还有一类人的眼睛扑闪着，又大又亮又有神，对别人的谈话似乎非常期待和欣赏的样子，而且还随时准备接着你的话茬谈下去。

麦肯属于最后一类聪明人。

永远是全棉免熨细格衬衣，外面套着细绒的毛衣，浅灰色的裤子，休闲皮鞋，色调都是过渡色，属于低调的奢华。胡子长如米粒，看得出是经过精心的修剪。40岁过点儿头的年纪，头发和胡子里依稀有些灰白的颜色，显示出中年男子的苍劲和平易。这是麦肯留在我脑海中的印象。

麦肯在M国驻华使馆政治处工作。如果说外交官是社会的精英，那在一个使馆政治处工作的外交官就是精英中的精英。因为他们涉及的都是一个国家外交的核心事务，关涉国家的核心价值。麦肯的工作涉及什么样的核心价值，我们没有谈过，当然也不可能谈。但在他跟我学习汉语及文化两年的过程中，我感到"精英"一词于他，不算奉承。

麦肯是语言方面的天才。英语是他的母语，自不必说。他还会说法语、俄语，还用希腊语出版过诗集，他送给了我一本，可惜的是我不懂希腊语，一直不知道怎么读他的诗。此外，他的日语也非常了得。他有一个在日本航空公司当空姐的女朋友，该女友每周都要来北京，他们一周见一次面。一次，正在上课的时候，他的日本女朋友打来了电话，可能是谈得不投机，两个人在电话里吵了起来。麦肯用日语吵架一点也不含糊，跟自己的母语似的。吵完了，他余气未消，对着我用日语嘟哝了两句，突然意识到我不会日语，然后就用英语解释，又用汉语再翻译一下。

麦肯的中文怎么样？

这么跟你说，他跟我学习的是《苏东坡诗集》。一个能读文言文的 M 国白人，一定让你觉得很稀罕。其实更让我觉得稀罕的是，他读苏东坡不局限于文学欣赏的层面，他还对苏轼诗中揭示的中国封建时代的社会问题特别感兴趣。比如对中国古代官员的四海为家的宦游意识、苏诗中透露的佛学思想、苏轼"中隐"的生活哲理等等，我们都会展开很深的讨论。

说到宦游，我的感觉是这一定敲着了麦肯作为外交官的某根神经。外交官也是四海为家，一个任期顶多四年，然后一个调令就可能将他们从天涯调到海角。苏轼"此心安处是吾乡""故乡无此好湖山"的旷达一定抚慰了他内心深处那无奈的漂泊感。在讲解时，我还给他介绍了李商隐类似题材的那首《无题》。虽然李商隐这首诗国人耳熟能详，但为了叙述的方便，请允许我完整地抄录一下："昨夜星辰昨夜风，画楼西畔桂堂东。身无彩凤双飞翼，心有灵犀一点通。隔座送钩春酒暖，分曹射覆蜡灯红。嗟余听鼓应官去，走马兰台类转蓬。"舒适的环境与居所，温暖甚或有些暧昧的情愫，在兰台（皇帝的秘书处）一声调令下，顿时成了奢侈，等待官员的将是蒲公英一样身不由己的升迁或贬谪的漂泊命运。

我喜欢给麦肯上课，很大一个原因是他对文学感兴趣。在大学，我学的专业是文学，还曾是一位校园诗人。读着苏轼的诗歌，我们常常是由着话题扯开了去，比如谈各自喜欢的作家，聊各自钟情的作品。

麦肯是个纯粹的喜爱文学的人，由着自己的感觉和爱好来读作品，不带政治的和意识形态的偏见。这一点让我尤其感动。

一次，谈到俄苏文学，他说他跟我一样，非常喜欢俄苏文学。

我知道很多西方人也说他们喜欢俄苏文学，但是更多的是喜欢苏联后期的政治异见小说家如索尔仁尼琴，索尔仁尼琴著有描写极权主义的巨著《古拉格群岛》，跟英国作家乔治·奥威尔的《动物农庄》和《1984》一样，讽刺的是苏联的工业模式和极权制度。麦肯不是。他像我一样，喜欢的是以三大批判现实主义作家托尔斯泰、屠格涅夫和陀思妥耶夫斯基为代表的俄罗斯文学，包括叶赛宁和后来的肖洛霍夫（《静静的顿河》的作者）。我们都认为后面提到的这些作家在俄罗斯文化里扎下的根更深，更能代表俄罗斯；前面提到的异见作家更多的是像个局外人，冷嘲热讽，作品过于冷峻，读起来冷气袭人。虽然前后两类作家都喜欢批判，但我们喜欢的这些作家对所描写的对象寄予了深刻的同情和惋惜，里面有可感可触的温度。我们都有这样的看法：在巨大的激越的政治漩涡中，个人的力量如同蝼蚁，作者如果把批判和嘲笑的锋芒着力在某些个体的身上，那是不公平的，不是史家的态度。

说到《1984》，我得提一下我在联合国国际学校（纽约，简称UNIS）的经历。UNIS高中部的英文课主要是读原著作品。老师带着学生读一些著名作家的作品，然后展开讨论。我喜欢参加他们这样的讨论，一来是喜欢文学，二来是想提高我的英语水平。但是在UNIS，大家读《1984》时的那种嘲笑的神态，那种制度优越感所体现出来的轻飘飘，让我受不了。为批判而批判，是置身于事外的人常见的情形，何况是未经世事的年轻学生。这自然让我想到了麦肯。因此，讨论《1984》时，我会一改用我的中式英语侃侃而谈的风格。

中国正处在从农业社会向工业社会以及信息时代的大变革过程中。这个过程的直接结果就是会对几千年稳定悠闲的乡土社会形成直接的冲击！一次上课，麦肯问了我一个触动情怀的问题：我自小长大的乡村留给我最深刻的记忆是什么？我给他讲了"茶亭"的故事。在汽车普及前的大别山区，人们主要的交通工具还是一双脚。从我生长的小村子前往县城，有一条大家必走的大路，也叫官道。之所以叫官道，是因为除了百姓们行走外，官方的邮差、官吏出巡、官府催收赋税、军队调度等都得走这条大路。因为来往的人多，沿路设有很多亭子，十里一长亭，五里一短亭，供休息歇脚之用。亭子里还提供茶水，供过往的路人免费饮用，因此大家都把这些亭子称为茶亭。所谓茶亭，就是个青砖砌成的拱形门洞式的建筑，拱形门洞遮阳避雨，门洞两侧是居室，是经营茶园的人的宿舍，大一些的茶亭还给远行的客人提供住宿。从我们村到县城，有十来里地，要经过两个茶亭。我小时候常走这条官路，随父亲走累了，就在茶亭里喝茶歇脚。每次歇脚，茶亭过道里往往已经有跟我们一样的人，大家坐着喝茶，随便聊些什么话题，像是相识多年的老熟人一样。茶主人也插话，时不时地还问茶客要不要再添一点。茶是免费的，有些慷慨的茶客也回赠茶主人一点小礼品。大家也不过分谦让，只是把话题扯得更远一点罢了。听大人们说，这种免费喝茶的习俗至少已沿袭了几百年。1949 年新中国成立后逐渐走上了大集体的道路，茶亭周围的农场收归国有，变成了国有农场或茶园，免费供茶的习俗仍然保留。后来，大集体解散了，农场或茶园有很长一段时间处于无人经营的状况，免费的茶水没有了。歇脚的时候，如果渴得不行，那就得"讨点茶喝"。又过了一些时间，茶园被人承包了，又有了茶水提供，不过开始收费了。

茶水的买卖过程使茶客和茶主人的关系变得简单而直接，一手交钱一手交茶，不需要那么多的虚与委蛇的客套，如果茶主人掺点假，掏了钱的茶客还会说几句粗话发泄发泄。茶亭的商业化变革，把那些温馨细腻的情愫也革掉了。再后来，就是现在，随着汽车的普及，"村村通"政策的落实，高速公路和乡村二级公路四通八达，热闹了千百年的官道彻底地冷落了，茶亭文化随着茶亭的倾颓，走进了历史的记忆。这件事一直萦绕在我的心头，像一层裹着淡淡忧伤的薄雾挥之不去。茶亭文化从儒家的仁义修睦和佛教的乐善好施，到"为人民服务"，到无茶可饮，再到纯粹的商品意识，最终到无迹可寻，是千百年来中国农村社会变迁的一个缩影，让人感慨系之。

　　麦肯对这个故事非常感兴趣，认真地听着。我们由这个话题说到世界上许多为失去的秩序唱挽歌的著名作家，如对城市化过程忧心忡忡的托马斯·哈代（著有《德伯家的苔丝》《还乡》《远离喧嚣》等），对美国南方种植园的蓄奴制心存依恋的威廉·福克纳（著有《押沙龙，押沙龙！》），我们熟知的玛格丽特·米歇尔（著有《飘》），描写"多余人"的俄罗斯作家屠格涅夫，等等。生活本身就充满着遗憾，表现遗憾的艺术之树长青。麦肯和我一起，被这些时代之交的作家的遗憾所感动，一同唏嘘不已。我给麦肯推荐过若干中国当代作家的作品，我们还畅想有朝一日，中国也出现一个或几个能够描绘这场大变革的大作家。如果再有机会教他中文，我会跟他一起读一读贾平凹，读一读余华刚出道时的作品。

　　麦肯的身份也许有些特殊、有些神秘，甚至有些敏感，但是我们读的是文学，谈论的也是跟文学和文学主题相关的一些社会历史问题。我们之间在很多问题上有不少超越国度、超越意识形态的一致看法，这让我感到无比宝贵。

　　怀念跟麦肯一起上课的日子。

两位大使

我们常常在电视上看到西方国家驻华大使用中文侃侃而谈的节目。在这些大使中，不乏名副其实的"中国通"。我就有幸曾为两位"中国通"大使提供教学服务。

一位是麦康年，新西兰驻华大使。麦大使一米九的个头，身材魁伟，声音洪亮，汉语说得流利准确。第一次教他，还是十多年以前。我的工作内容大部分是为他各种各样的汉语致辞正音，提出修改意见，适当地提供一两处成语、俗话、俏皮话之类的点缀点缀，以增强致辞效果，同时，我们还一起读阎真写的描写中国官场生活的长篇小说《沧浪之水》。想必世界上的官场总有相通之处，一辈子做外交"官"的麦大使常有心领神会的感觉，每到会心处，便莞尔一笑，有时还免不了发发感慨。

2002年春节我回湖北罗田老家过年。麦大使问"罗田"在什么地方，他可不可以也去看看。像他这样级别的外交官去外地是需要知会外交部的。外交部还专门就这事跟湖北地方外办和罗田县政府下了通知，交代是在"胡鸿的陪同下参观"的。罗田地处大别山深处，北部山区的天堂寨薄刀锋就是大别山的主峰。那时候的罗田旅游还不是很发达，不像今天，提起罗田不少人就会说起中央电视台"天下大别山，美景在罗田"的广告词。麦大使下榻在当时罗田最"豪华"的大别山饭店，晚上，县领导还以我（"胡老师"）的"家宴"的形式安排了一个很体面的晚宴招待麦大使，我还请县文化馆安排了专业的湖北鼓书艺人席间献艺，说唱罗田独特的自然与人文资源。第二天一早，天刚刚亮，我就接到麦大使的电话，他每天早上有洗个淋浴的习惯，可是他告诉我，水是冰冷的。大别山区的人从来不早上洗澡，水当然是冰冷的。没办法，接待人员在饭后安排了两个服务员，专门提了一些热水，让麦大使将就地洗了一下。在老

与麦康年大使合影

家的两天里，我们一行还去了一个偏远的乡镇，参观了一个大学生村官管理的苗木基地；还参观了县城里仅有的一处建筑文物，那是一栋民国时期留下来的政府衙门，二层的木质建筑。陪同的一位副县长显然从来没有接待过这样的外宾，他一边介绍，一边掏出一支香烟，准备点火。我急得直冒汗，避过大使的目光，使劲跟那位副县长递眼色。我还得在这位"外人"面前尽量保全家乡人的面子不是？还好，那位副县长也是机灵人，立即会意，把还未点燃的香烟揣进了口袋。

2004年，麦大使任满回国，先后担任新西兰新中文化基金会的董事长，新西兰政府国防秘书（相当于国防部长）。2008年至2014年，我受政府委派，前往联合国国际学校（纽约）工作。麦大使还趁到华盛顿出差的机会转到纽约来看我。在曼哈顿的一家四川餐馆里，一个中国人和一个白人吃着辣子鸡丁，一会儿说英语，一会儿又用普通话亲切地话着家常，现在想来，那场景一定非常特别。

2015年，麦大使再次受命于困难时刻，担任新西兰驻华大使。在电邮里我们约好了恢复上课的计划。见面的第一句话，麦大使就开玩笑地说："我很高兴又见面并有机会学习中文。我们现在都是官复原职。"（第一次做麦大使汉语老师时我是语言文化中心的副主任，后来辞去行政事务专事教学，自2014年起又受聘担任副主任的工作）。现在，麦大使每个星期上一次课，学习我自己用现代汉语改写的《红楼梦》。陪一个人情练达、世故通透的西方高级外交官一起读《红楼梦》实在是一种享受。《红楼梦》里的人情百态、曹公娴熟的小说技能、中西方文化的有趣异同，都是我们品谈的内容。笑声充满了我们的课堂。我曾半开玩笑半认真地说："以后我们一起写本书，这本书就叫《麦大使读红楼》。"麦康年连说"好主意"。看吧，等我们读完了全部120回的故事，这也许真的是一个很好的出版选题呢。

我最近教的另外一位"中国通"大使是瑞典大使罗睿德。罗大使曾于80年代中期在山东大学留学，中文说得一板一眼、字正腔圆。比如他说慈禧太后，就会特意把"慈"和"禧"拉长音读出来，二声和三声虽然又长又夸张，但是听的人感觉非常明确清晰。一次，他给我看一张照片，是他参加某个重要会议时拍的，他的座位前还有一个牌子印着他的中文名字。

和罗睿德大使合影

"什么问题?"我问。"错了!名字写错了!这么重要的会议还有这么明显的错误!"我一看,原来牌子上写的是"罗瑞德",而他取名时选的是"睿智"的"睿",不是"瑞雪"的"瑞"。

罗大使的课"简单",不用备课。每次都是我带着一支笔和一部能上网的智能手机就去了。咖啡喝过,他就会拿出几张字画来,老师的工作就是帮助他理解字画里的诗歌、题款、印章。诗歌、题款一般不太会难住我这个中文科班毕业的,但是印章就有些难了。就说"XX之印"这样常见的印章,就有很多变体。有上下读先右后左的,也有右左上下读的,还有上行右左读下行左右读(逆时针方向)的,好像也没有什么特别严格的规矩。文人雅士就是那样,率性而为。至于那些闲章,却真正地让我叫苦不迭。因为这些闲章可能是作者给自己起的一个古雅的斋名字号,也可能是从远古的典籍中摘下的只言片语,而且多是以大篆、小篆或甲骨文刻成。

有一两个星期里,我们吭哧吭哧地琢磨一幅铅笔画。那是一位瑞典画家在1905年给当时的清兵首领董福祥手下的一个下级军官画的铅笔画像,边上还有一行铅笔字:管带董字前旗米军门汉璋号子云。这行铅笔字很熟练,估计是被画者自己写的,为了表明所画是谁。这幅画就挂在大使馆的二层。我的工作就是帮助罗大使琢磨:这一行字到底是什么意思。最终的结果,我们大概达成了这样粗略的共识:这幅画儿画的是一位下级军官,在当时的名将董福祥手下服役。他叫"汉璋",姓什么不知道,他还有个号叫"子云"。让我们不明白的是"米军门",按照字典,"军门"是提督的别称,那可是个大官,只有省军区的第一把手才叫提督。看画中那个下层苦人模样的军人,怎么可能是提督呢。找了半天,咨询了一大圈人,都不明就里,也就搁在那里了。

这就是我们的课。有时候像是索隐、考古一样,课堂进展滞涩,甚至会到山穷水尽、一筹莫展的地步。不过,这不妨碍我们对这些古董的兴趣。偶有发现，便欣喜不已。

有一段时间，我们琢磨的是一幅临摹古画，是晚清大臣廷雍（作者注：就是在自个儿的官府大堂上受审，而官椅上坐着审自己的竟是几个英国人的那个直隶总督）临摹的清代著名画家戴熙的《溪山图》。在《溪山图》的后面有这样几段题款：

归来人事日参差，木石于今作我师，欲寄故交书一纸，寸心何以报相知。卧闻旧仆自都还，千里诗来扣掩关，捲后重开生百感，无言沁笔染云山。

寿阳相国予告后，命熙旧仆李元寄诗见怀，中有"孔宾归去如相忆，更写天涯数点之"句，勉写溪山尺幅，兼和二诗寄陈左右，熙奉别后，宿恙沉绵，衰颓遽甚，诗画枯涩，即其人可知矣。

咸丰六年丙辰二月晚戴熙附志纸尾，光绪二十有五年六月挥汗临于畿南柏署之问心堂，公毅甫廷雍并记。

第一段，显然是原画者戴熙的题诗。诗中表达了自己自官场告老还乡后的枯寂生活，以及对寿阳相国（作者注：寿阳相国即祁寯藻，是道光、咸丰、光绪三个皇帝的老师，号称"三代帝师"，做过兵部尚书、吏部尚书、两任首席军机大臣，为晚清重臣，为官清廉，口碑不错）托人寄来书信和赠诗慰问表示极大的感谢。第二段到底是廷雍题的还是戴熙题的，我们理解上还有些出入。最后我坚定了他的信念：第二段是戴熙题的。为什么？因为有三处可见：一处是"勉写"二字，这种谦恭的表达，只能是作者本人；另两处是文中提到的"熙"字，显然是作者自称。最后一段显然是廷雍的题款，他说是"挥汗"临摹，当然是谦恭的表示。既然他这么谦恭，显然不会直呼其名，以"熙"来指代原画作者的。

读者也许注意到了，罗大使的这种学习方式虽然特别，但是对于他这样早已掌握了基本的听说和阅读的人，这种涉及文化以及中国国情包括人情世故知识的学习正是他最需要的部分，就像前面提到的麦康年大使读《红楼梦》一样，他们上的其实是文化课。

在题款的最后一段，廷雍告诉我们他描摹这幅画的地点是畿南柏署的问心堂。直隶总督的大堂在保定，保定离北京这么远，怎么可以称作"畿南"呢？我提出了这样的疑问。罗大使马上说："我去过这个地方，是在北京的南边，叫作'畿南'。"

"在哪儿？"

"我想不起来具体在哪里，但是我记得我去过。"罗大使告诉我，他骑自行车时曾路过这个地方。罗大使是个自行车迷。他有两件最值得夸耀的事：一件是骑自行车从北京骑到香港，然后从香港绕道福建、浙江、上海、山东、天津返回北京；另一件是骑车从北京到贵州，再从贵州骑回北京，后一件事只完成了一部分。当然，他不是一次性骑行，而是一段一段地骑。长假一到，他就买张机票飞到一个地方，骑一段，下次再接着骑。罗大使在中国已经六年了，他的这一壮举，在大使这个级别的外交官中，肯定是独此一人了。一个西方大使，事务冗繁，能把爱好玩到这样极致，也是够"任性"的。西方人之性情，常常提醒我辈：人生一世，除了挣钱、当官、做学问、往上爬、做精致的职业人，其实，在生活的层面还有好大一片光景。

一个主席

跟老麦（他的中文名字叫麦健陆，熟络的朋友都喜欢称呼他"老麦"）的交往，可以单独写好厚一本书，不过我还是想在这里说说。

麦健陆在北京工作了小30年，做过《亚洲华尔街日报》记者、道琼斯中国总部首席代表、中国问题专题研究著作撰写人、投资咨询公司董事长兼总经理。老麦曾兼任过一段时间的美国在华商会主席，有不少人称他为"麦主席"，不过称他为"麦主席"也并不仅是因为他当过商会主席，而是他写过一本非常畅销的书《与龙共舞》(英文名为 *One Billion Customers*，直译为《十亿消费者》)，该书通过分析几家较大的外国企业在中国发展的故事，谈的是生意经，顺带剖析中国社会主义市场经济的一些独有的特色。有趣的是，他在每个章节的最后，用"文革"时流行的"毛主席语录"的形式，也来了一段"麦主席语录"，把自己对该故事的理解精炼成一段警句。这些警句往往能起到画龙点睛的作用。

从越战当兵退役后，老麦突发奇想要到中国来发展，就对懵懵懂懂的女朋友凯西说："我们去中国吧。"

"中国什么样儿？"

"跟夏威夷差不多。"

就这样，他们一人提着一个箱子，就去了台湾，在那里学习中文。

我是1990年才开始认识老麦的。当时教学部分给我一个课，说是给《亚洲华尔街日报》的记者上课。按照老麦提供的详细地址，我找到了建国门外交公寓7号楼的201室，发现门头挂着一个白底红字的塑料牌子，牌子上写着"党委宣传部"。我疑心走错了，就下楼继续打听，转了一大圈，发现最初去的地方没错。就再次上楼，敲门！老麦走了出来，一个40来岁的白人大个子。笑声爽朗，玩笑开得不赖。

老麦的中文已经有了一定的基础，汉字也还行，读中文书和报纸虽然不太流畅，但理解力很强。我们上课的情形是这样的：他仰靠在转椅上，双脚搭在办公台上，手里展开着一张《经济日报》，有时候也会是《人民日报》或《光明日报》。我呢，搬把椅子，坐在他的后面，越过他的肩膀头看他读得是否准确，帮他解释一些难词儿。比如什么是"五讲、四美、三热爱"等。老麦是真的烦透了那些官样文章，总是读着读着把报纸往地上一扔，一大堆美国"国骂"脱口而出："F×××"，"S×××"，等等。他参加过越战，有过当美国大兵的历史，说脏话对他来说不用打腹稿。烦虽烦，但为了工作，他也得忍耐，继续把那报纸捡起来，读下去。我没有他那么偏激，大机关我也待过，对中国的国情当然比他了解，中国的现代化刚刚起步，罗马毕竟不是一天建成的。因此，我们在课上常常吵架。比如对毛主席的评价、对普选制的认识、对计划生育的看法等，两人经常会产生分歧。我现在想：老麦一定认为我是个很"左"的人，但是他也很喜欢我的直率和不盲从。我不跟他从概念到概念地辩论，只讲我知道的故事。

　　后来，老麦不当记者了，被提拔为道琼斯公司驻中国的首席代表（《华尔街日报》是道琼斯公司下属的报纸），他再也不穿他那黄黑夹杂的灯笼斑马裤了，而是西装革履、白衬衫、红领带，一副大老板的样子。我还继续当他的老师。但是由于他越来越忙，我们真正上课的时间完全不能保证。与其说是上课，不如说是帮他的公司做一些文化上的咨询。比如，道琼斯在中国刚刚开展业务，需要设计一个企业标识（LOGO），还需要找一个宣传口号。我们一起讨论，就用"道"字作为他公司的标识，我帮着物色了一个魏碑写得好的书法家，写了一个大大的"道"字，这个"道"字，还被作为礼物送给了道琼斯公司的董事长，并被装裱起来摆在道琼斯纽约总部的办公室里。我给道琼斯公司想到的口号是"君子爱财取之有道"。记得当时灵感来时是个周末，我跟老麦打电话告知他这个想法，老麦也很激动，他有这个慧眼，一下子就意识到这是个好主意。我帮忙让一个民间篆刻高手用闲章的形式把这几个字做成篆刻，用朱红印泥印在"道"字的右上角。这个富有中国文化元素的企业商标非常醒目打眼。据说在国贸做的外国企业推展会上，道琼斯的宣传活页还被李鹏和李瑞环等领导人取阅并留下了。

说来可惜，后来这位书法家觉得当初写这"道"字并不是给道琼斯公司做标识的，起诉了道琼斯，要求巨额赔偿。双方没有谈拢，最后道琼斯停止使用这个魏碑的"道"字，一段本来是两全其美的文化佳话戛然而止，对我这个文化搭桥人来说，实在是殊为可惜的事。

随着在中国待的时间越来越长，老麦对中国国情的了解也越来越透彻，对中国的感情也愈发浓厚。记得当时克林顿做总统时，有一个事关中国命运的问题：贸易最惠国待遇。克林顿政府迫于国会的压力有取消中国贸易最惠国待遇的趋势。麦主席（当时他是美中商会主席）立即行动起来，鼓动了在京美国企业的一百多个首席代表，要集体回华盛顿游说国会和白宫。听说了这个消息，时任副总理的吴仪很感谢他的义举，就设宴为他送行。见吴仪前的一节课上，老麦说想在跟吴仪会谈时说几句成语。我们说到"同舟共济""合作共赢"等，当他听我偶尔说到一个成语"同床异梦"时，眼里马上放出光芒。他说："这个成语好，我就说，'我们不能同床异梦，我们得同床一梦，一个的一'。"我笑着说："吴副总理是个女的，这样开玩笑不合适吧？"老麦不管这么多，美国人的幽默就是这样，没那么矜持。后来老麦告诉我，吴仪听了他的话，非常高兴，气氛一下子就活跃了起来。

老麦幽默、爽朗，跟他在一起总是充满笑声。一次，道琼斯职员妮娜家聚会，大家都去了。妮娜的小狗可能是太兴奋也可能是太紧张了，冲上冲下叫个不停，还用嘴到处拱客人的衣裤，把老麦给弄烦了，只听他对妮娜大叫起来："妮娜，你们家的狗太没家教了！"客人哄堂大笑，妮娜苦笑。圣诞节时，老麦总是要搞个很大的家庭派对，百十来号人挤在建外的公寓里。一次圣诞聚会时，大家对墙上挂的一幅老照片非常感兴趣。从那时往前算，那已是18年前老麦和夫人凯西刚结婚时的合影。照片里的凯西还是那个苗条的凯西，照片里的"小麦"高大帅气、金发碧眼、阔脸明眸,长得像少年克林顿一样。而大家回头看眼前的主人,头发快谢完了,一脸富态,像个弥勒佛。老麦大声地宣布:"啊,那是凯西和她前夫的照片。"不少客人还真的信了。凯西只好尖着嗓子补白:"不是,那就是老麦!"

老麦常常跟人介绍说我是道琼斯公司的文化顾问,但在避开众人我们独自上课时,就说我和他是两个土包子,一个来自美国中北部明尼苏达,一个来自中国湖北乡下。

老麦的公司早就搬到上海去了,现在我跟老麦的联系也只限于通过电子邮件问个好。希望他这个明尼苏达土包子在大上海十里洋场也能继续发出他那充满乡土气息的爽朗的笑声。

我的洋学生们

>>> 胡凝

作者介绍： 胡凝，女，1992年毕业于外交学院，曾在外交部翻译室工作，2002年至今在北京外交人员语言文化中心从事对外汉语教学。

作者感言： 在学生提高语言水平的同时，我也从他们那里得到很多。他们的独特视角有时会启发和引领我思考的新方向，这种双向的教学相长的过程使我受益良多。在教学中，我最大的感受是，有些运气好的时候真能"他人栽树

胡凝老师在上翻译课

我乘凉"。我最喜欢上高级水平学生的课。这些学生来自不同的文化背景，有成熟的想法，更难得的是具备了基本无障碍的汉语沟通能力（感谢前任教师们的严格要求）。作为这样的语言学习者和语言教师，双方的交流互动和碰撞出的火花是这一职业最精彩的部分。我信奉的人生格言是"勤能补拙"。我一直相信，即使能力有限，但只要勤奋努力，是一定会有回报的。

当语言教师13年了，和学生的相处既快乐又默契。从他们身上我有很多发现，尤其是不同文化的碰撞更让我觉得其乐无穷，更可贵的是从别人的文化中我学到了很多。

小马

马蒂亚，意大利少年，15岁，结实的大块头，深邃的蓝眼珠。每当看到庞大的他略显吃力地爬上四楼时，我都觉得他比实际年龄大不少。可跟他一起聊天时，我又感到他确实只是个大男孩而已。他接连两个暑假来练英语。第一次是他继父陪着来的，后来我们在谈到他继父时，他老说这个老爸怎样怎样。他这个老爸锃亮的光头不知怎么让我想起了黑手党，差别只在于他没戴墨镜。家庭的变故似乎没给小马留下任何痕迹，他看上去反而比许多其他男孩更阳光灿烂。

小马很喜欢侃，每个话题他都能聊半天，兴致一起还连比画带画画儿的。我喜欢和这样的学生在一起，语言嘛，就是用来说的。第一次介绍自己家乡时，他就抓过我的笔和课本写了起来，从此Bracciano这个地方就永远留在了我的课本上。他讲欧洲历史，滔滔不绝，摇身一变成了历史教授，只不过学生只有我一个。他站起来跑到白板前一会儿画个还冒着烟的大舰船，一会儿画个士兵，寥寥数笔却很传神，搞得我下课后擦白板的时候都觉得可惜了。聊到默契之处他常会举起双臂"噢瑞"地感叹一下。他讲学校、家庭轶事，讲自己在综合格斗训练中是个无敌手，确实这个年龄段的男孩儿中恐怕他还真的找不到对手。有一次他呆萌地问我："男孩儿和男人有什么分别呢？"直到现在我都怎么也想不起来为什么就会聊到这儿了，当时我想了一下说："如果有一天你有了一个女人就会变成一个男人了。"这下他接不上茬了，过了一小会儿才接着说："将来我想生很多孩子。"现在我有点儿后悔，其实那时不该把他往复杂的方向引导的。最后一节课他通常都带弟弟妹妹来上课，自己坐中间。弟弟妹妹的英语水平很初级，如果他们回答正确，小马会开心地一边欢呼一边扭头去掐一掐弟弟的脸，再去晃一晃妹妹的肩。

印象最深的是小马对美食和厨艺的热爱。他最喜欢的中国饭是包子，和习大大趣味倒挺相投的。他去京客隆一口气能吃一大堆，惊得别人下巴都掉了，"包子"和"京客隆"这两个词他中文讲得很标准。他上的是意大利一所挺好的厨师学校，类似中国的职高，讲起做菜来有板有眼，什么步骤和对付什么肉类该用什么刀都一清二楚。有一次他讲做一道

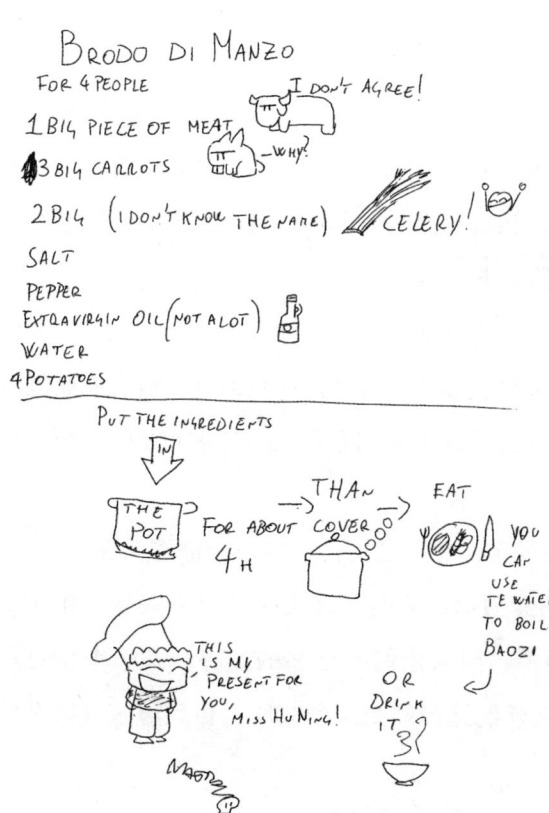

马蒂亚的画

菜,把几个步骤都画了下来,遇到一种蔬菜忘了怎么说就开始画,我一看告诉他这是芹菜,他高兴地举臂欢呼"噢瑞",随后在芹菜后面画上了一个举手欢呼的笑脸,他画的所有人物都是招牌式的笑脸。对包子念念不忘的他最后还写上了一个程序,"你可以用做这道菜的汤汁儿煮包子",他用的词是"煮"。然后他问了我名字的拼写,写上这是送给胡凝老师的礼物,并花里胡哨地签上了自己的大名。第二年来的时候,他已在一家意大利餐厅找到了实习工作的机会,上课时他很兴奋地在白板上画了一通自己在餐厅的形象:他穿着大厨服装,萌萌的笑脸上顶着大大的厨师帽,他边画边解释上衣什么样,围裙什么样。我能想象他穿戴完毕一定蛮酷的。他说将来要在他最喜欢的国家奥地利开一个最棒的餐厅。

最后他说第三年他就不来了,要去英国练英语。现在想起他时,我就似乎看到一个画面:在风光如画的奥地利,有家远近闻名的米其林星级意大利餐厅,已成长为胖胖的萌大叔的小马顶着高高的大厨帽,裹在讲究的制服中在厨房里悠闲地呷着Espresso,指挥着手下团团转……

在中国,职业似乎是分类的,有些职业如金融、律师等是高大上的,人们趋之若鹜;而其他如服务业似乎光环就黯淡了许多。而在欧洲,所有职业都是平等的、有尊严的,似乎没有贵贱之分。大家都有自己的追求和梦想,而且充满激情地为之努力、为之骄傲。

像小马以及无数小马这样的少年,并不是把自己的将来都寄托在高考上,在这条独木舟上拼得死去活来筋疲力尽而同时又迷失了自己的兴趣。相比中国的少年,"小马们"要幸运得多,因为他们有更多的选择。在一个相对宽松的环境里,他们无论做出什么样的选择都会受到鼓励、得到尊重,因而他们总是自信满满的。

弥敦

加拿大帅哥弥敦中文不错,能说能看。每次来都相当准时,一来先把头盔放一边,再把电脑准备好。第一次见面,我告诉他这个课这么上,要学这个那个,他手一摊,说:"你是老师,听你的。"

他很会学习,旅行回来会用汉语跟我讲一路上的趣事、糗事和冒险经历,既练习了成段表达,又顺带学习了大猩猩、热带雨林、鸡尾酒、千斤顶之类的新词。他常常在电脑上敲敲打打,后来我问他:"打完字是回去还能看吗?"他说:"你不知道这个吗?"他居然会用反问句!然后开始讲解这个学习卡片的软件,我就又学到了flashcard这个新词。

我们有时会聊到一些社会上热门的事儿。有一次,我告诉他中国农业部要把土豆排在水稻、小麦和玉米后作为第四大主粮了,因为我自己是个土豆的死忠粉,所以很高兴地向他宣传,土豆的地位扶正了,将不再是蔬菜了。他不知道"扶正"这个词,对此我特意解释了它的原始含义和引申含义。他对这条消息表示出很大兴趣,"我要写这个。"他说。他是个记者,写中国是他的本行。还有一次我跟他请假,说要去南方和在那儿过冬的父母一起过春节。我告诉他现在大批的北方人都像候鸟一样飞到海南过冬,躲避雾霾和寒冷,春天再飞回北方,"真的吗?我还以为中国人都是回家过春节的呢。"他笑着发表评论,"就像温哥华也有很多中国人,加拿大人都快被挤走了。"说到雾霾,我告诉他起码在一点上中国要感谢美国大使馆,是他们使我们长了知识,懂得了世界上还有PM2.5这个概念。他觉得很有趣,说:"美国使馆监测站还读出过900多呢。"我很惊讶:"啊?我还以为到了500仪器就得死机了呢。"一周后他再来的时候告诉我要去海南,他说跟老板说好了要去三亚看那些过冬的鸟。

跟他一起上课是漫无边际、海阔天空的各种聊,他最后直呼有趣,我也有所收获。我们能从长城的烽火台学起，辐射到汉民族的懦弱和异族的生猛；从他西装革履要去采访的能源会议谈到能源结构、核能、煤炭、油砂、油页岩；从长江翻船延伸到龙卷风的几种英文说法；从中美印大三角关系中出现的"二流"这个词一路拐弯儿聊起中国的级别概念和论资排辈……这种上课更多的是发散性的双向交流，常常让双方都感到意犹未尽。

有一次他讲在中国理发，不会说鬓角这个词，就比画是耳朵两边儿的部分。"那叫鬓角。"我告诉他。"怎么写？"他问。我没有防备有点懵，再加上平时已经很少写字了，而且这个字又那么难写，写了几笔感到有些凌乱就提笔忘字了。他一看就舒服地往后一坐，有点儿幸灾乐祸（起码在我看来是这样）地说："你也有字不会写啊。"在这条小沟翻了船，我的自信于是碎了一地，觉得挺丢面子的。由于好不容易在学生中逮到他这个英语母语者（native speaker），平时有不会的英语单词就会请教他，所以这次我又问："那鬓角用英语怎么说？"我得到的答案直译成中文是"边儿上都烧煳了"，这确实挺让人费解的，于是我就打破砂锅问到底："为什么会这么说啊？""……"这次轮到他张口结舌了。无意当中我又扳回一局，好歹算跟他扯平了。有一次又谈到级别，说到中国人喜欢称呼别人官衔，比如袁局长、胡主任什么的，我开玩笑说："按照中国的习惯应该叫你万社长啊。"他的中文姓是万，名片上印的是他们报社驻北京分社社长。他有点儿不好意思地说："其实就我一个人在这儿工作，他们给我'帘子'。"闻言，有一幅图景马上出现在我眼前，难道他们报社每个光杆儿司令的标配都是一幅帘子吗？我有点儿疑惑。当然这只是电光石火的一瞬间，随后我马上明白他是在说"他们给我脸子"。我纠正他应该是"他们给我面子"。本来还想给他讲讲里子的，别只顾面子不顾里子，后来一想还是算了，面子这词儿还没整对呢。

面子是太有趣的一个中国概念了。涉及面子的词语太多了，像要面子、给面子、有面子等。中国人似乎是最要面子的民族了。请人下馆子要找个让主人有面子的地方，还要点上几个硬菜，最后盘子里最好还能剩下点儿。父母聚一块儿拼孩子，谁家孩子上个重点学校，又琴棋书画无所不能，那谁家父母才倍儿有面子。生意人要没个奥迪奔驰什么的都不好意思开车去接客户……外国人虽然现在也学会用这个词了，但也许很难理解中国人为什么这么重视面子，更不用说会做出打肿脸充胖子的事了。

多丽

　　德国学生多丽是个单纯优雅的金发淑女，年龄不详。我们上英语课通常前半段是聊天儿，聊各自的见闻和故事，然后如果没得聊了再用课本。她说聊天比课本有意思多了。我常讲故事，她常乐得脸都红了。有一次讲我平生第一次想做蒸鱼，去超市让人帮忙收拾鱼。估计那条鱼绝对想不到自己那天的命运。卖鱼的女人先把鱼啪啪地摔地上两次，摔晕再弄，我没忍心看。后来我拎走了弄好的鱼，走了若干步后，它竟然在袋子里开始一激灵一激灵地抽筋儿，可能是不甘心就这么走了吧，吓得我赶紧回去质问人家为什么鱼还活着，人家说膛都开了鳃都掏了还能活着吗，还挤对我，说我一看就没吃过新鲜鱼。"鳃"的英文我不会说，所以就跟她比画，在自己嘴的旁边做了一个往外抓掏的动作，把她给乐坏了。可我忘了告诉她我今后再也不干这种事儿了，这是杀生。现在想想，那天倒真该给她普及一下不杀生这个理念。她听我吹嘘怎么蒸鱼听得很认真，她哪知道其实我也是二把刀啊，菜谱还是才刚从网上下的呢。我告诉她要先把葱姜盖在鱼身上腌一下，等水开了以后再把鱼盘子放进去，蒸六分钟后熄火，等待三分钟，同时做浇汁儿，用蒸鱼汁儿和蚝油（蚝油是我自己做主添加的）把葱丝、姜丝、青红椒丝、香菜段烧一下儿，三分钟鱼焖好后浇上去就大功告成了。她很感兴趣，还让我用中文写下了需要买什么蒸鱼汁和原材料，说要回去给老公做，说他们也喜欢吃蒸鱼。然后接着问我："那这些佐料各种丝之类的都放多少啊？""呃，这个嘛……"我一时语塞，"你就每一样儿都放一点儿，就看鱼的大小放吧。"我补充说。

德国人的严谨认真是出了名的，所以"德国造"才成为世界上响当当的货色。德国人的厨房也是相当精细，厨房秤自不必说，什么都要精确到克；还有那数不清的各种大小器具，直看得你头晕眼花，都说不出那都是些干吗使的。哪像中国人的厨房这么简洁，生熟水果几种刀，煎炒蒸煮几种锅就齐活了，做菜时一点儿油、一点儿盐、一点儿糖，不必那么费劲，一切全凭感觉，却丝毫不影响中餐成为世界上颇受欢迎的美食。

每次在中国下馆子，多丽和老公都先瞅瞅邻桌们都点了什么，长相好看的就照样儿来一份，好吃呢就让服务员把菜名写下来，自己再加上备注，以后再点，现在他们的单子已经相当长了。多丽说中国菜太好吃了，再回到德国吃中餐馆都觉得没法儿吃了。她说可是有一样，德国的规矩是非常严格的，如果你家餐馆被检查出卫生不合格，那可惨了，罚得你肝儿颤不说，还要停你的牌，你别想再在这行混了。她说有朋友告诉她在中国吃饭千万别去厨房瞧，闭着眼吃就好了。

媚兰

法国小女孩媚兰12岁，她个子小小的，长得漂亮极了，性格又温柔，尤其是一双无邪清澈的大眼睛太可爱了。她就像一个安静玲珑的小精灵让人连对她大声说话都不忍心。有一次练习你最喜欢的什么什么，我问："你最喜欢喝什么饮料啊？""我最喜欢喝苹果汁儿。"又做替换练习，我问："你最喜欢喝什么啤酒啊？""我没喝过啤酒呢。"我有点儿意外，然后好奇地又接着问："那你最喜欢喝什么红酒呢？"心想法国那可是让人一想到红酒就心神往之的国度啊。"我没喝过红酒呢。"我大感意外："你没喝过红酒？""我才12岁啊。"她有些不解地望着我。

有一次听力对话里出现了contact lens这个词，她问："contact lens是什么啊？"我解释是戴在眼睛里面的隐形眼镜，同时注意到她戴着一副大大的黑框眼镜。我问："你是上课看书的时候才戴眼镜吗？""不是啊，我一直都戴着的。"我顿时感到我的观察能力亟待提高。"你怎么不戴隐形眼镜呢？"我接着问。"妈妈说隐形眼镜对小孩儿不好。"然后她补充说，"不过我朋友说我戴隐形眼镜会很漂亮，因为我的眼睛很大。"她小小得意地晃动一下脑袋，笑得很可爱。

我要求她每次来上课都讲一些有趣的事，作为热身活动，她点头表示明白。下一次就开始讲了："我今天早上6点45 get up（起床），然后洗一个澡，然后吃早饭，我8点半开始上学，今天上了数学、历史、汉语……（一边掰着手指头数），然后我吃一个苹果，然后我就来这儿了。"整体通过，我只纠正她要用got up。没想到数次以后仍然是这个，有时仍然忘了要用过去时。我暗自叫苦，我要的可不是你的流水账啊！本想跟她说明白的，不过一想还是算了吧，一个小女孩儿的世界里又能有什么呢？于是这就成了一个小仪式，于是每次我面带微笑地跟着她在心里默念："我今天早上6点45起床，然后我……，然后我就来这儿了。"直到有一天，我像往常一样说："先讲讲故事吧。"她开始讲："今天我去学校了，可是我什么也没做。"这跟往常不是一个风格，我好奇地问："怎么回事呢？""老师们都in strike（罢工）了。"我精神一振，这才是我期待已久的故事啊！"为什么啊？"我仍然面不改色。"因为老师们都不想要Euro（欧元）了，他们想要Yuan。""元"这个汉语词，她的发音很标准。联想到最近欧元暴跌，我乐不可支。当然最后我还没忘了纠正她要说on strike

而不是 in strike。

有一次上课的内容是运动,有个表格是关于各种运动在各个年龄段的受欢迎程度。她先说了自己的运动是排球,然后说到瑜伽时她说这是老年人喜欢的运动。我就接茬说那自己可能是真老了,因为我喜欢的运动就是瑜伽啊。媚兰闻言大惊,双手捂住嘴睁圆了那双无辜的大眼睛,连声道"sorry,sorry",好像犯了天大的错似的。

还有个多丽的小插曲。有一次和多丽谈到家庭的话题,说到她孙子过生日大家在外面一起玩儿,小男孩儿叫她奶奶,然后她就假装四处趔摸,好像叫的不是她似的。我觉得有趣,问:"那让他叫你什么呀?"她回答说:"叫多丽啊。"

西方女人不习惯谈年龄,从不打听别人年龄更不说别人老,她们觉得这样做是冒犯了别人。即使已经七八十岁,她们仍然朝气蓬勃、妆容精致、气质出众,打扮得美不胜收。这是对待生活的一种态度,永保年轻的心态,始终活力四射,忘记岁月,过着无龄感的精彩生活。让自己开心,又让别人养眼。

在中国好像没什么隐私,什么话题都可以大大方方地谈。比如你挣多少钱啊,有没有男朋友啊,怎么还不要孩子啊,什么时候结婚啊,等等,你自己还不着急呢,问的人比你都着急。那是因为他们关心你,希望你一切都好。年龄就更不是什么禁忌了,中国人先要在岁数上掰扯清楚、分出高下,长幼有序嘛。然后才是称兄弟论姐妹,为兄弟两肋插刀,跟闺蜜卿卿我我。这又何尝不透着一股子让人舒坦的亲热劲儿呢。

入乡随俗

有一次跟多丽聊天儿,说到对待陌生人的态度,她说一般进电梯要跟别人打招呼的。我说在中国不是这样，跟邻居碰面时好一点儿的只交换几句简单的问候，更多的人干脆什么都不说，面无表情当你是空气一样，遇到这样的表情你即使有招呼的心也没这个胆儿了。就是同乘一部电梯也静悄悄地坚持到最后，彼此离得那么近却又那么远，挺尴尬的。我说这种情形下，如果你主动打招呼，没准儿人家会认为你有病呢。她一直在笑，我继续讲故事。有一次出门，在我前面一个小男孩出去后竟然返身给我扶住门，笔挺地站那儿等我走出去，我一看旁边没别人，只有我，我有点受宠若惊，小跑几步赶紧过去，真心谢过他后，心里第一次觉得在中国做女人挺好。我肯定地告诉多丽，他一定是国际学校教出来的学生。多丽又会意地笑到脸红。

　　我告诉她，中国人对待熟人和陌生人是截然不同的，对熟人可以如春天般温暖，对陌生人可以如冬天般冰冷。这也就是为什么遇到需要帮助的人很多人会毫不犹豫地选择袖手旁观。她不太同意，说中国人很友好，然后给我讲她的故事。有一次，她在朝阳公园骑车遛弯儿，一不小心被路上凸出的石头绊倒了，摔了个嘴啃泥，我心里暗想：这下你知道中国的道路施工标准跟你们德国的差距了吧。她说她伤得不重，可是脸上血流得挺凶，四周呼啦啦地立刻围上了一大圈人。这个场景我很熟悉，因为中国人最喜欢围观了。有一次我和朋友在东便门的老城墙那里怀旧，那天的天跟两年后的"APEC蓝"和三年后的"京蓝"一样的湛蓝，雪白的云彩像一团团棉絮一样堆积在一起，这儿一堆儿那儿一堆儿的，这久违的美景令我激动万分，忍不住对朋友一边感叹一边往天上指指点点。周围的一些人见状也纷纷围拢过来抬起头往天上张望，没看到有什么特别的后，又有人转过头来用疑问的眼神看我，好像我哪根儿神经搭错了似的，朋友赶紧拉着我逃离了。扯远了，回到多丽的故事。大家纷纷要来扶她，她表示不用，自己先慢慢坐在地上镇静一下，于是人们不再勉强她，可是纷纷递过来自己的纸巾让她坐那儿擦脸，左一包右一包的。最后她的自行车筐里攒下了一

外交官 学汉语的故事

大堆血迹斑斑的纸巾,她一边两手做出了一大捧的手势,一边又乐得脸都红了。有那么一小会儿,我甚至心里有点儿小阴暗地想,这些人为什么愿意帮助她,还不是一准儿认定她一个老外淑女怎么可能千里迢迢跑来中国碰瓷儿呢,还不是一准儿认定她怎么可能懂得倒打一耙反咬一口再最后讹上一笔呢。当然我还是跟她总结说这个社会还是有很多好人的。

  如果一个社会中人人和谐相处,如果帮助他人不会为自己带来这样那样的麻烦,我相信人人都会选择与人为善。其实还是有很多善良的人在别人有困难的时候想都没想就伸出援手,每当看到这样的报道,我都会感到很欣慰。

  我一直认为环境塑造人,好的环境会让人变得更好。在西方,我亲身体验过车是让人的。那是第一次出国,当时我并不了解,所以脚上会犹豫,直到车上的司机帅酷地给我打手势示意后,我才敢迈步。我想在这种环境下熏陶久了,我也会以人为本、照顾弱势群体的。而在中国,人让车天经地义,没人会觉得不正常。同样在中国,女人不会被先让进电梯,甚至有时还没等你出电梯呢就已经有人急吼吼地往里冲了,更别提会有男人为女人扶门、开车门了。中国女人们对此早已习以为常,并无怨言,更不奢望。她们知道这样的待遇只是那些高官们的专利。

  也许是因为中国人大多性格内敛吧,所以才不太和陌生人说话,不太同圈子外的人发生一丁点关系。也许是因为中国人口众多吧,所以如果为别人扶门,自己就永远走不了,如果车让人,车就永远都没机会,无形中形成了你争我抢、唯恐落后于人的浮躁心态。置身其中的外国人久而久之都会被改造成半个中国人。弥敦说在中国有时候还蛮享受这种环境的,着急的时候可以骑着摩托闯红灯,可以逆行,可以跟别人一样不排队,他甚至还学会了假装去上厕所偷偷把单先买了……他说,在中国没什么事是不可能的,还熟练地用上了一个很标准的词:"入乡随俗"。可是他还是禁不住感叹,自己并不想得罪人,只是这种差异确实有时让他感到无所适从。

环境对人的影响真是值得深思的。

时间观

说到时间,当老师的应该感受颇深。虽然我的大多数学生在守时方面中规中矩,而奇葩学生仍然会偶尔出现。这种学生不是动辄迟到二三十分钟,就是干脆不出现,同时又不肯动一下他尊贵的手指短信告知一下,让老师等得望眼欲穿,下次来时人家就好像一切从未发生过一样神情悠然,那是相当任性随意。

最为离谱的是一对儿某国新生A和B,可能是更相信自己的写作能力吧,他们要求跟老师邮件联系。于是我发邮件提出下周一早9:30的见面时间,由于恰逢周五,所以周末我数次查看邮件,均没有任何回音。直到周一一大早他们才回邮件表示没问题。好,我踏实了。新生首次见面,我一般会去楼下迎接,陪同到教室,以示尊敬。所以当天第一节课上完后,我早早就跑到一楼候着,干坐了四十分钟仍不见踪影,以为他们一定有事不能来了,所以就想等回头再约他们,于是我就回去继续上课了。下课后听同事说其实两人8:20就到了并打探老师的下落,中间离开后,当天11点又折返回学校要见老师未果。我一听惊得大脑一时短路,这可是本人职业生涯中头一回这么大的失误,我是只允许我等人,不允许人等我,更不允许让别人白跑一趟这样的事发生的。可他们什么时候跟我又约的11点呢,我这个当事人怎么不知道啊,而且他们竟然跑来两次却连老师的面都没见上。我估摸着经过这番折腾他俩一定气得不行了,同事却告诉我说他俩看上去还是挺开心的。我捋了捋整件事情,带着愧疚连忙去查邮件,结果真看到A发来的不知所云的西语邮件一封,下附一转发邮件,仔细一看倒是英语,可是语焉不明,我看得云里雾里,左猜右猜觉得大概意思是他的同伴 B 早上 9：30 不能前来见面，因为他要在 11 点去商谈英语话题，可这看上去好像是他们两人之间的事啊。于是我对自己的英语阅读和理解能力产生了严重怀疑，感到挺受打击的。可即使他们的意思是约我 11 点见面，但他们还没收到我的确认呢，难道他们国家一般是无须等待对方确认就一厢情愿自行前往的吗？我马上又发邮件道歉并提出第二天中午见面，同时又追加了相同的短信。后来虽然没有等到任何回音，我还是按时守候，万一他们出现了呢。结果他们仍然没来，我忍不住追过去一个电话，赫然发现对方手机关机，难怪他们只希望邮件联系啊。此后，邮件也好，短信也好，电话也好，他们就此音信全无。直到半个月以后才回了我的邮件，而那时我还以为不会再有任何消息了，以为整件事就像聊斋故事一样似乎隐约发生过，最后却只剩下一片荒地、一缕青烟了呢。

时间观的背后折射的未尝不是处事态度和民族性。跟他俩沟通虽然有些不畅，可他俩是当之无愧的好脾气，什么都无所谓，比起那些像钟表一样精确的民族，他们倒真是多了些率性的天真和可爱呢。我的结论是，各国人对时间的理解不同。经济越发达的地区，人们的时间观越强。在我接触过的学生中，一般来说，西欧、北欧、北美及亚洲一些国家如日本的学生比较准时严谨，有事要晚到或不能来，通常都会提前知会，感觉比较靠谱。南欧，如西班牙、意大利、希腊等国家的人们有些随意松散，对他们不能期望过高。大部分亚非拉人民则十分自由散淡、不紧不慢，和他们交往基本可以把手表扔到一边儿去。而在我国，只争朝夕，时间就是生命，时间就是金钱，浪费时间就是浪费生命，这充分反映了大国的进取和高效。而另一方面，在我国广大的乡村，半夜鸡叫、日上三竿、太阳都晒屁股了、一袋烟的工夫等这些散发着浓烈乡土气息的词语被形象地纳入了对时间的模糊性表述中。这是一个真实的中国，一个多样化的中国，一个内容丰富的中国，一个一切皆有可能的中国。

我的学生何敬生

>>> 林静

作者介绍： 林静，男，1984年毕业于北京大学中文系，在北京外交人员语言文化中心从事对驻华外交官及记者的汉语与文化教学工作多年，后调入外交部非洲司工作，现为中国驻外高级外交官。

作者近照

（一）

何敬生，英文名字Anthony Hutchinson，美国大使馆新闻文化处二秘。他身体矮胖，胳膊有如体操运动员发达的小腿那样粗壮，一副重量级拳击运动员的架子，但实际上他是个银样镴枪头。因为身体一直在作横向发展，所以来中国后他一直坚持长跑。即便是在风雪交加的冬天，也能看到他每天穿着一条花哨程度足以令山东沂蒙大嫂窃窃私语的大花裤衩从外交公寓一直跑到前门。不久前何敬生在跑步时因脱水突然晕倒，在随后的整整一个星期都无精打采。

他性情宽厚谦和，总是彬彬有礼、温雅可亲，而且耐心无限，常常为了一个简单的问题而追根究底。一般美国人热情奔放、性格外向，他却给人一种内涵丰富而挥洒不足的感觉。每次我走进他办公室时，他不是在电脑键盘上埋头工作，就是以极快的速度检阅桌上常常高达两三尺的文件信函，再就是一本正经地与他的同事们交谈。我们上课往往是以他抱怨工作的繁忙劳累以及我对他表示适度的同情开始的。

"何敬生先生，您忙得像一架机器。您为什么不租用一个机器人承担您的工作呢？"

"您为什么不认为我就是机器人呢？"

"您认为我应该是机器人的老师吗？！"

他露齿一笑，说："我工作忙对中国有好处。"

他是美国大使馆唯一负责富布赖特计划，也就是中美学者交流计划的官员。

"您的意思是，您越忙，去美国学习访问的中国学者也就越多吗？"

"对。也就意味着从美国回来的中国学者越多。"

他年轻时曾研读过马克思的《资本论》，对剩余价值学说宾服不已。他一直自认为是民主党左派、民主社会主义的信徒。在谈及美国社会中贫富悬殊、穷人数量与日俱增等社会问题时，他每每摇头叹息，称之为"美国社会最令人羞耻的问题"，而对中国一直抱有好感。

"林先生，您知道中国人民的生活水平虽然低，但是社会上风格很高。"

"您是说风气很好？"

"对，风气很好。比如说，一个人被汽车撞了，旁边的人都会围上来，不管开车的是谁，不管是高干子弟还是……还是别的什么人，周围的人都会批评他。"

"在美国呢？"

"在美国，人被汽车撞了，别人根本不管。"

这令我想起报纸上连篇累牍的批评围观者的文章。有些文章立论颇高，声称概因国民素质低、民族劣根性等原因，使行人存在聚集围观的心理诱因云云。在一切都以金钱交易为前提的美国及其他西方国家，人情如纸，车祸后肇事者往往逃之夭夭，受害者死则横尸街头，伤者辗转呻吟，而行人匆匆，鲜有停留援手者。何敬生对此司空见惯，到中国后却看到了一番截然不同的情状，尤其是当他看到围观的人群截住急欲逃脱罪责的肇事者并向受害者伸出援助之手时，自然别有一番感慨。

（二）

一天，他办公室的墙上出现了一个"忍"字条幅。如果这条幅出现在一个日本人、一个泰国人或一个印度人的办公室里，那丝毫不足为奇，但当"忍"字赫然出现在一个美国人的办公室里时，也许就值得费神琢磨一下了。因为"忍"作为中国的处世哲学的组成部分之一，与美国人普遍的及时行乐、追求个人幸福和满足的生活观格格不入。

大凡一个人经历的磨难越多、阅历越广，对人类的历史了解越多，他就越善于体会、理解甚至融合异国文化的深层因素。

何敬生正是这样一个人。他来自美国西北部华盛顿州的农村，靠父母微薄的资助和自己的努力上了大学，学习了多种语言，曾在大学教授并研究中东古代语言，后在美国国会工作。在旧金山他目睹了政客们尔虞我诈、翻云覆雨的权术。虽然他工作勤勉，但终究未能像一些善于机变的幸运儿一样平步青云，一夜之间摆脱经济上捉襟见肘的境况。他至今不得不仅以有限的薪水维系一个有四个孩子的家庭。某一天，他在中国的一家书店里发现了这个"忍"字，同时也为他自己接受并且安于现状找到了哲学依据。

一天早上，我发现他精神不振，两眼布满血丝。我问道："嗨，何敬生先生，您好吗？"

"不太好。我困极了。"

"怎么回事?"

"唉,我可怜的小查理……我的第三个孩子,他得了流行性感冒。我昨天晚上没睡觉,看了他一整夜。我担心……"

"不要紧,何敬生先生,这个季节流行性感冒是常见病,只要打了针,吃了药,很快就会好的。像你们美国人所说的:Take it easy。"

"对对,像你们中国人常说的那样:那没什么可担忧的!"他看着墙上的"忍"字,疲惫的脸上流露出一点点笑意。突然他好像发现了什么。"嗨,林先生,您瞧,那个'忍'字像个'恶'字。"

我走到条幅正面仔细端详,果然,那个笔法朴拙的"忍"字确有几分像"恶"字。书家是有意为之,还是于无意间得之?不得而知。

"何敬生先生,'恶',有时是指不满、仇恨、厌烦的情绪。也许你有时候应该忍的正是这些情绪。"

他若有所思地点点头,看着条幅,有好一会儿没有说话。他在想什么?是他不想告别而又不得不告别的梦想,还是他不想接受却又不得不接受的现实?是咀嚼过去,还是冥想将来?

(三)

他是个知识渊博、极善于颖悟的学生——我常常羞于这样称呼他。给他上课我常常有一种玩跷跷板的感觉:我的一头常高高翘起,即使我尽最大的努力,也无法经常和他保持平衡。给他这种学生上课已经不用什么固定教材了——事实上很长一段时间以来我们都没用什么教材了,上课只是天南海北地闲聊而已。教学上的灵活性加上他刨根问底的精神常常使我觉得穷于应付。

"林先生,'难道'的意思是 there isn't any surprise 吗?"

"不不,'难道'的意思是 it isn't that。比如'难道你不觉得很冷吗?'或'难道你不认为是这样吗?'"

"啊啊,我明白了。'难道'是 it isn't that case,而'难怪'是 there isn't any surprise。"

"完全正确!"

"比如说我见到一位老朋友,我就说'难道我们不是老朋友吗?'见到我的女儿给她男朋友打电话,我就说'难道你不是瞎折腾吗?'我的老板不同意我的报告,我难道不是白费劲了?科威特亲王法赫德死了,难道不是太惨悲了吗?!"

"正确,99.5%正确。何敬生先生,是悲惨,不是惨悲。"

不管我的感觉如何,我们的课还是一天天上下去——聊下去了。突然有一天,他的中文秘书在楼道里把我拦住了。

"何敬生现在口语真棒,他现在出去会谈根本不带翻译。我没活干了,是不是该拿你是问?"

"真的吗?"我吃惊不小。

"真的!他现在能到处跟人胡侃。是不是因为你教得好?"

我只能闪烁其词,因为我确实不明白他何以神到不带翻译就能跟中国各部委的官员交涉、会谈的地步。

第二天上课时,我决定对他进行一次随意性的测试。从他成语卡片盒里,我随手抽出两张卡片,一张是"种瓜得瓜,种豆得豆",另一张是"自食其果"。我把两张卡片递给他,要求他解释。他看了一会儿,抬起头来说:"这两个成语意义很相似,是吗?"

"不,'种瓜得瓜,种豆得豆'多用来鼓励人们做好事;而'自食其果'的'果',指的就是做了坏事之后的惩罚。"

"噢,我明白了。比如雷锋,他天天做好事……为人民服务,像他那样的人,有了问题别人都会帮助他。这就是'种瓜得瓜,种豆得豆'。而比如说有一个人,他跟大家都不对劲儿,大家都不喜欢他,他有麻烦的时候,别人都不理他,这就叫"自食其果",对吗?"

我惊讶地看着他,过了好一会儿我才意识到,应对他这一番精辟的阐释稍做讲评,没想到我说的却是:

"您还用学什么呢?何敬生先生。"

【**编者注:**此文为作者20年前所作。在中国经济迅猛市场化的20年后的今天,我们苦涩地看到不少作者当时对资本主义世界的针砭都转移到了我们的身边。这一定令作者和今天的读者不胜唏嘘,这是我们仍然录用此篇的原因。】

第一堂课

>>> 董扬

作者介绍： 董扬，女，2009年毕业于北京语言大学并进入北京外交人员语言文化中心任教。

作者感言： 任教期间，面对来自各个国家的形形色色的学生，每一堂课都会有文化碰撞而产生的火花。课上我最喜欢学生提问，有的问题好像平常无异，有的问题貌似天马行空，但其实这些问题很多时候折射出的是学生们的母语逻辑和国家文化，从他们身上我反而可以获得许多有意思的新知识。都说"教学相长"，这对我来说应该就是最大的收获了。当然，我也经常有被问倒的时候，有时"倒"在自己知识储备不足上，有时"倒"在文化差异上，无论"倒"在何种原因上，都是一种遗憾。不过这些遗憾可以激励我去不断充实自己，虽然做不了"不倒翁"，但有那些遗憾鞭策着我，希望我会成为一个不断旋转着的小陀螺吧。

俗话说"万事开头难"，对于给素未谋面的新学生上第一堂课这件事来说，也不例外。中心的老师通常是与学生电话联系来确定第一次上课的时间，而我经常习惯通过声音来想象出学生的样子。不过见面时才发现，多数时候学生真实的样子与我想象的不尽相同，有时甚至大相径庭，这真是挺有趣的。

第一堂课一般是老师和学生之间相互熟悉与磨合的过程。一节课下来对学生的性格也了解得差不多了，有的内向羞涩、不爱讲话，有的严肃认真、不苟言笑，有的活泼开朗、说起话来滔滔不绝，也有的十分"慢热"，要慢慢接触

外交官 学汉语的故事

才能了解。总之，每个人各有不同的性格特点，上起课来很有意思。

南非的 T 姑娘

T 姑娘是南非使馆一名外交官的女儿。我与她在电话里商定，第一次课在周一九点开始。我还在电话里问了问她的水平，听声音感觉这是个十八九岁的姑娘，不太爱说话。

那天早上 8：40 我走在去中心的路上，远远地就被站在中心门口的一个黑人姑娘吸引了眼球。她身形高挑，两条修长的腿上穿着拼接颜色的裤袜，左腿是珊瑚红色，右腿是宝蓝色，因为饱和度特别高所以十分抢眼。我走得越近，对她的穿着也看得越真切。她戴着大墨镜，上身穿着粗棒针灰色毛衣，下边是一条有很多铆钉装饰的牛仔短裤，胸前长垂下来的毛衣链是一个金属骷髅头，整体打扮朋克感十足。她斜靠在门口的柱子上，一边潇洒地抽着烟，一边跟随耳机里的音乐用脚踏着节奏。真酷啊！我不禁心想，这个又酷又冷的学生不知道是哪个老师在教啊，估计不是很好沟通吧。我就这样主观臆断着走进了门口，上楼去了办公室。

收拾好了上课的教材，我便提前来到教室等学生。这将是我在中心上的第一节汉语课，所以内心还是有些忐忑和焦虑的。就好像一名舞蹈演员，即便台下刻苦练习并排练了无数次，但上场前等待大幕拉启音乐响起的一刻，心中应该还是会有小小的颤抖吧。我静静地坐在教室里，竖起耳朵听着楼道里的各种声响。"咯噔，咯噔，咯噔"，远处楼梯口突然传来了高跟鞋的声音，该不会是我的学生来了吧？想到这儿，我的心一下子悬了起来，心中在"自私"地祈祷，最好是一个聪明、刻苦、好沟通的学生啊，这样上课会容易一些。脚步声越来越近，我的心跳就像被猛踩油门的汽车一样，一下子飙到了超速，我带着期待和不安望向教室门口,准备起身与我人生中的第一个汉语学生来个握手问候。脚步声来到门口,只见一个人影从门口掠过,然后毫不迟疑地继续向楼道深处走去。啊,原来不是我的学生!我的心跳略微减了减速,刚刚因为准备起身而紧张的肌肉也松弛了下来。等待的过程真是煎熬,楼道里的任何"风吹草动"都会引起我这个惊弓之鸟的"警觉",心跳起起落落就像在蹦弹簧床。这时,一个轻缓的脚步声靠近了门口,我扭头一看,心里"咯噔"了一下,这不就是刚才站在大门口的姑娘嘛!她确认了一下教室的号码,径直走了进来。"你好!"我微笑着迎上前去,伸出右手。"你好!"她一边伸出右手与我握手,一边用左手摘掉耳机,里面的重金属音乐声音很大,我都可以听到那富有节奏的"咚咚"声。

坐下之后趁她从包里拿出文具的间隙,我仔细打量了一番眼前这个朋克女孩。她的发型是传统的非洲人常梳的玉米垄,很多细小的辫子拢在脑后扎成一个马尾辫,发梢染成了荧光粉色。她右侧的鼻翼上打了一个银色的金属鼻环,左侧小臂靠近手腕的地方也打了一个银色的装饰小条,长约2厘米,从左侧的皮肤穿进去,再从右侧的皮肤穿出来。看到她这让人"心惊肉跳"的装饰,我甚至开始觉得自己的小臂也在隐隐作痛。我定了定神,开始跟她寒暄起来,没想到她一张嘴又吓了我一跳,原来她的舌尖上还打了洞,戴着一个金属小圆豆!看来这真是一个彻头彻尾酷到底的姑娘啊。我开始暗暗忧心,她会不会是一个叛逆不羁的学生呢,那以后的课堂氛围可就不太"酷"了。紧接着为了测试她的水平,我准备了一些口语问题。果然,每次她都是以一两个简单的词语作为回答,即便我继续引导,她也还是寥寥数语,随后的课堂上她也基本是这个状态,于是我和T姑娘的第一堂课就在这样的氛围中结束了。

下课后我很是沮丧,满满的挫败感让我对以后的课程忧心忡忡。不过在之后的备课过程中,我努力寻找她可能会感兴趣的点,试图让她健谈起来。果然,

外交官 学汉语的故事

在又上了几节课之后,这个"慢热"的姑娘终于"热"了起来。通过慢慢的接触,我惊喜地发现其实她是一个很可爱的姑娘。记得有一次上课,她刚坐下就神采飞扬地指着身上的白色毛衣问:"老师,你猜我的新毛衣多少钱?""这可不好说啊。"我犹豫道,"150块?""哈哈……"她得意地笑了笑,"才30块钱。"我惊呼"真是太值了",连忙问她是在哪儿买的,她慧黠地眨了眨眼:"在动批。"(编者注:北京动物园附近有个服装批发市场,北京人简称为"动批"。)我故意逗她:"怎么不去雅秀,那儿不是离你更近吗?""那儿是外国人才去的地方。"她调皮地嘟了嘟嘴,"我现在是半个北京人,北京人都去动批。"说完以后,我们俩都哈哈大笑起来。此时的她笑得很天真,像个小女生一样在"炫耀"自己的新衣服和购物经验。还有一次,我们上课学习"特长",她说自己的特长是弹钢琴,从小一直练习,从未间断。我的脑海里顿时浮现出一幅"混搭"的画面,一个摇滚朋克范儿的姑娘坐在钢琴前,弹奏着一曲优美舒缓的钢琴曲,不过紧接着下一秒,她又变身为打着架子鼓、身体随音乐晃动的朋克青年了。在后来的课上,我对T姑娘有了越发深入的了解,这个外表酷酷的朋克青年实际上有着善良而单纯的内心。每周她都会去一个幼儿园做志愿服务,义务为那里的小朋友上英语和钢琴课,她说她很享受和小朋友们一起天真玩耍的感觉,也很乐意用自己的所长来帮助其他人。

都说人不可貌相,虽然这个外表看似冷酷不羁的T姑娘给人感觉不易相处,但实际上她和普通十八九岁的姑娘没有什么不同,也有着少女的娇羞和小心思。第一印象固然重要,不过日久见人心才能发现一个人的真正品质,这也是当老师的另一个乐趣吧,可以在上课的过程中不断推翻和打破对学生的固有印象,而等待在前方的也许就是一个惊喜。

第一堂课

吉尔吉斯斯坦的 G 女士

第一次见到吉尔吉斯斯坦的 G 女士的女儿时,她穿着职业的套装和高跟鞋,画着精致的妆容,整个人精神又干练,说起话来也是干脆利落,一副职场精英的模样。她说自己在北京工作,母亲 G 女士之前是吉尔吉斯斯坦的大法官,现在已经退休了,这次来北京探望自己,同时想抽时间每天上两节课,不过因为 G 女士已经 65 岁了,所以要到她的家里上课。我一口答应下来,心里却在飞快地思索着,有其母必有其女,女儿都像个女强人,何况她的母亲呢,更不要说 G 女士之前还是大法官了,想必很强势,是高冷的女王范儿。我的脑海里立即浮现出各种在电视里看到的大法官铁面无私、公正判案的形象。

强势的学生我也接触过一些,有些学生的强势体现在他们的说话方式和语气上,还有的是体现在喜欢控制课堂节奏和进度上,比如他们造句时,第一遍可能说得不连贯,但请他们重复第二遍时他们就会不太情愿,认为一遍搞定就可以跳过到下一道题。给这样的学生上课其实要注意很多技巧,一方面不能打击他们的自信心和自尊心,另一方面也不能被他们牵着鼻子走而打乱了自己的教学方案,上课好似"如履薄冰",一步步试探,才不致整个冰层破裂。

带着对 G 女士性格的猜测,我如约来到了她家公寓的门口。按下门铃之前我整理了一下自己的头发和衣服,然后做了一个长长的深呼吸,准备"迎驾女王"。按下门铃,轻缓的脚步声由远及近,门开了,阳光从屋里的窗户照射过来形成逆光,让我看不清开门人的脸,只知道是一位稍胖的女士。"你就是我的老师吧!"开门的人笑着说道,"快请进。"原来这就是 G 女士本人啊,我一边想着一边随她进了屋子。"坐在哪儿上课比较好呢?"她自言自语道,"就在饭厅的餐桌这儿吧,这样喝水还方便。"她笑眯眯地邀请我坐下,我这才看

外交官 学汉语的故事

清了眼前这位吉尔吉斯斯坦的大法官女士,其实叫她奶奶也不为过,毕竟她已经 60 多岁了。这位大法官中等个头,圆圆的脸庞看起来特别慈祥,一双眼睛虽然不是很大,但总是笑意盈盈,尽管她脸上有些皱纹,可整个人看起来仍然很精神。她戴着淡粉色的头巾,穿着宽松的花色衬衣,朴实又亲切的形象让我根本无法想象她就是一位大法官。我长舒一口气,看来不用担心我这个学生会有女王做派啦!

初次见面我们寒暄了一番便准备开始上课,这时她突然指指自己对我说道:"我已经老了,脑子反应慢了,你可不要嫌弃我这个笨学生呀!"我笑了笑说:"再笨的学生如果刻苦也能学好,再聪明的学生如果不认真也是学不好的。"她微笑地点点头,拿来了笔和本。在课堂上,这位慈祥的大法官对自己的要求非常严格,有的发音如果她觉得自己念得不好,就会不厌其烦地重复很多遍,有时她又努力又着急,额头上都渗出了汗水。有的生词她一时没有记住,还会拍拍自己的脑袋,可爱地自言自语一番,像是在训斥自己然后又给自己加油打气。一节课下来,她仍然对自己"j"和"x"的发音不满意,于是她在笔记本上写了大大的"j"和"x",还在旁边画了两个胖嘟嘟的叹号,像是在提醒自己。课间休息了,她起身走向厨房泡了两杯咖啡,一边泡一边嘴里还"机、西"地念念有词。真是一位执着又可爱的奶奶呢!

泡好了咖啡,她邀请我尝一尝,我刚喝了一口就不禁脱口而出:"真浓啊!"她冲我挤了挤眼睛说:"我就是靠它来保持'战斗力'呢!"接着,她拿起餐桌旁的一包榨菜,好奇地问道:"这个用中文怎么说?"我告诉她那是榨菜,她一边点着头一边重复着这个词,然后笑着对我说:"榨菜真的是太好吃啦!我们国家没有这个东西,这次回去我一定要多带一些,让大家都尝尝这鲜香美味的榨菜!"我"扑哧"一下也笑了起来,问道:"你可以吃辣的东西吗?"她摇摇头,我说:"那真是太可惜了,不然你还可以尝尝'老干妈',很多'中国胃'走遍世界就靠这两样啦！"其实，如果这个大法官可以吃辣，我还真想请她体验一下"老干妈"那劲爆的口感呢！

轻松了一会儿，我们又开始了第二节课，她马上恢复到"战斗状态"，开始努力地练习并认真地记笔记。不过在这节课上，她时不时会掏出口袋里的手绢擦一擦眼睛，我关切地问她是不是哪里不舒服，她说道："不要紧，眼睛的老毛病了，看东西时间长了就爱流泪。""那我们停下来休息一下吧，"我说道，"让你的眼睛放松一下。""不，不用停。"她坚定地回复道，"我们继续，没有问题的。"看着眼前这位孜孜不倦的学生，我不禁心生佩服，也心生感慨：像她这样退休的人是来京探望女儿的，本可以整天观光，游览照相，大可不必学习中文，自己和自己较劲。学习中文既不能让她升职，也不会让她加薪，但正是这种毫无功利性的学习劲头才让人感动。

其实在这些年的教学过程中，像大法官 G 女士这样的学生不在少数。有快 80 岁的法国老奶奶因为痴迷气功而独自来京，学习气功之余还和我们的老师学习汉语；也有年近七十的德国飞行员爷爷，因为热爱中国的大好河山，每年来中国旅游两三次，期间还要留出近一个月的时间来集训汉语；还有很多这样爷爷奶奶年龄组的学生，虽然步履开始蹒跚，但他们学习汉语的步伐却从未停滞。都说"活到老，学到老"，可真正能做到却太不容易了，退休后我们多会选择闲散的生活方式，觉得辛苦操劳了一辈子是时候要放松和享受一下了，很少有人会花时间去学习一门新的外语。当然这里面存在国情差异的问题，然而我只希望自己在年老之后，可以像这些外国的爷爷奶奶一样，没有功利性地继续学习，让学习成为一种习惯，无论何时，依然对新鲜的事物充满求知的欲望，依然对未知世界怀有探索的精神。

学生们的那些事儿

>>> 王俊香

作者介绍: 王俊香,女,1968年毕业于北京外国语学院(现北京外国语大学)法语系。1976年在外交人员服务局对外汉语教学小组(现北京外交人员语言文化中心)从事对外汉语教学至今。其间,于1995—1998年受本单位委派,赴泰王国任该国诗琳通公主汉语言文化老师。

作者感言: 40余年来自己从事的工作虽可用"铁打的营盘,流水的兵"来形容,但对"文化无国界,语言铸友情"这一理念却感受颇深。比如,一些学生尽管来自不同地区甚或不同国家,他们大多上的是单人课,但当他们在一个偶然机会得知大家原来

离开中国十来年的学生与王俊香老师重温当年时光

都跟同一老师学同一语言时,会顿感亲切,马上就会借此为谈资深聊下去,然后有的就形成一个朋友圈,这个朋友圈不仅是当学生们在中国时运转,在他们各自回国后,圈里的人仍继续交往。中文成了他们友谊的纽带,在离开中国几年后他们有的还会结伴故地重游。前几年我学生所在的一个朋友圈就用这样的方式重游了北京,尽管她们离开中国后各奔西东,但为了异国的这段"乡愁",

她们分别从美国、巴西、瑞典、法国等地来到北京相会，在她们熟悉的三里屯地区找一个小旅馆住下，跟老师会面、叙旧，还到我们学校外面转了一圈，在做这些时，她们内心充满了满足和喜悦。也有几十年以前的不少老学生，离开中国后平时跟老师几无联系，但当我们国家遭遇灾难，比如2003年"非典"和2008年汶川地震时，他们中不少人都发来慰问信息，不仅仅为询问老师的安危，更诚挚地表达了对中国人民的关切与同情，为中国和中国人民祈福。这令我十分感动。教书是份劳心费神的差事，特别是几十年做下来，有时会感到很累。但在付出的同时我收获了知识、友谊、幸福、快乐。我是学生的老师，也是学生的学生。感谢这份工作为我提供了接触不同国度、不同种族人群的机会，让我在传授中国语言文化的同时，也见识了他国人民的文化、风俗、信仰、理念、价值观，加深了对世界文化多样性的理解。我为我们国家的语言文化骄傲，也为我所有的学生自豪。

火腿！火腿！

70年代末，单位派我去给刚到任的比利时驻华大使夫人教授汉语。开课的那天，我按约定准时到了大使官邸。一进客厅，大使夫人便起身相迎，非常礼貌、客气。这位身材高挑的夫人虽然头发花白，年届六旬，但穿着典雅，举止颇有风度。

没承想双方刚一坐定，这位尊贵的夫人便就为什么要学习中文先向我倒起了苦水。她说她已不年轻，不是学外语的年纪了，可是来中国以后，发现不懂中文简直无法生活。比如有一天她给厨师钱让他去买火腿，这位中国厨师接过钱，却不知夫人要买什么。她用法文说"买火腿"，厨师不懂。她又用英文说"买火腿"，厨师还是一脸茫然。急得没办法，她只得用手拍拍自己的大腿，厨师恍然大悟:"噢,火腿!明白了。"说罢直奔友谊商店。

说到这儿,我们二人都忍不住笑了起来。于是我决定趁热打铁,先把"火腿"一词教会她。她很兴奋,连连重复:"火腿!火腿!以后我不必再拍自己的大腿了。"

这件事让我感受到外国人初来中国生活是多么不易,特别是在那个年代,从而也进一步体会到对外汉语教学这份工作的意义。

跟着自己专车步行的大使先生

90年代初,我有幸当了一阵子加拿大驻华大使碧福先生的汉语老师。这位身材小巧的大使阁下刚刚到任,工作十分繁忙,每周只能上两节汉语课。第一节课他就问我:"汉语要学多长时间才能用?"我说:"首先要看您用它做什么,另外还要看您肯下多大功夫。"他跟我说要先学会能应付一般日常生活的会话。我告诉他如果下功夫,最多三个月就可应付日常生活基本所需。听到这话,他眼睛一亮,似乎有了信心,用力地说了一声"好"。

转眼学了近三个月,有一天他兴奋地对我说:"老师,老师,告诉您一个

一位最勤奋的学生——加拿大前驻华大使碧福先生

好消息,前几天我去新疆旅游了,没带翻译,我自己对付的。"听了他的话,我既高兴又不敢完全相信:"真的吗?就是用咱们学的那些词语对付的?""是啊!"我知道,虽然我们学的都是最基本的东西,但词汇量并不少。

"您可真行!"我夸赞道。他神秘地眨眨眼说:"告诉您吧,您教我的那些话我都记住了。我是在上班的路上背的。"

上班路上?我有些不解。我知道当时他的官邸在三里屯外交公寓,离加拿大(老)使馆不足千米,上下班坐他的专车用不了十分钟——那个年代没有堵车问题。看我疑惑,他解释道:"我把课堂上学的词句整理后都写在了小卡片儿上,装在衣兜里,司机早上接我上班时我就让他开着车慢慢儿在前边走,我跟在车后一边走一边背卡片上的词句,这样既学了汉语,又锻炼了身体,您说是不是一举两得?"

"是啊!当然!"感叹之余,我不得不由衷地佩服这位大使的勤奋、执着。

写字之前先焚香

十几年前,我教过法国使馆的一家人:父母是外交官,女儿是法国学校一年级的学生,名叫萨拉。六岁的小萨拉聪颖灵秀,对中文学习很上心,她不但口语说得好,而且汉字也写得工整。最令我印象深刻的是,每当课上要学写汉字时,她都要先点上三炷香,神态严肃地对着注视几秒,然后再跟老师一笔一画地写。

我不解此举,便问她妈妈。她妈妈说,来中国以后,通过学习汉语,他们对中国文化有了更深的认知和感受,特别是觉得方块字简直妙不可言。一次他们全家在参观了孔庙后,忽然觉得学习中文是一件很神圣的事,萨拉于是就想请孔夫子保佑她学好中文,并以焚香的方式表达自己的心愿和对这位孔圣人的敬意。

就这样，在香雾的陪伴中她学了一个又一个汉字，田格本也用了一大摞。当然，她也成为她们班汉语最好的学生之一。

活到老，学到老

伊丽莎白女士，84岁，是目前我的学生中最年长的一位。她孤身一人，已在中国生活了近九年。据说她是修女出身，曾做过护士，因身体和精神原因偶然结识了当年在法国任教的一位北京体育大学的气功老师，为了改善自己的身心状况，她便跟着这位老师学气功，还学太极剑。练了几年，健康状况大有好转，她十分高兴，更加努力完善和提高自己的功法。就在这时，那位中国老师要回国了。遗憾之余，她做了一个大胆而又果断的决定——跟着这位气功老师来中国，在北京体育大学留学，继续做这位老师的学生，那年她已70多岁。因为经济拮据，为了省钱，她便在北京东四环外的一个普通社区里租了一套西向的小房子，到了上课的日子，就骑着自行车去体育大学，风雨无阻。知道了她的故事，我对她的勇气和毅力深表赞赏，可她不无遗憾地对我说："唉，这两年我不能骑那么远了，不过我的自行车还留着呢，因为有时候我还是想骑骑。"看到她的满头银发和窈窕身材，我能想象出她骑车时有多么潇洒。

她对气功已颇有研究和造诣。除了在体育大学上课，她还特地到南方某地深入考察象形功，并写了一本书，用自己的视角把此功法介绍给她的国人。

可贵的是，这位女士从不服老，在课堂上也不卖老，学起中文来十分认真，能识不少汉字。上课时她喜欢让我在黑板上写汉字而不是拼音，她也用汉字记笔记。每次学口语，她都会大声地跟着老师念，对老师的纠正也能虚心接受，纠正几次她也不嫌烦。那神态就像一个小学生，让我深受感动。

这位最年长的学生正在按老师的要求认真做听写

除了学习气功、中文，她还学中医和二胡。尽管经济收入十分有限，但她宁愿节衣缩食，把省下的一点儿钱用来交学费。

在我几十年的从教生涯中，她算得上是一位活到老学到老的学生了。

太极拳六段

十几年前，法国使馆武官夫人初到北京便成了我的学生。这位夫人当时50多岁，热情、开朗、平易近人。她主要学习汉语口语而且进步很快，没多久便能跟她的厨师、阿姨、司机用汉语进行日常交流。

但这位夫人似乎并不满足于此，她向我表示，来到这样一个历史悠久、文化精深的国度只学中文还不太够，应该再学点儿别的。学什么呢？考虑到她喜欢活动，我试探地建议她可否学学太极拳，并说我们学校有这方面的老师。她欣然同意，但不喜欢封闭式学习，希望在户外跟中国人一起练，并说她曾在工

外交官 学汉语的故事

人体育场（简称"工体"）北门见到过很多人打太极拳，那场面相当壮观，只是不知道人家让不让外国人参加。我说："人家都是一大早就去那儿练，也许不到八点就散了。您起得来吗？"她说："没问题，夏天我可以四点半起床，冬天六点也可以。"我说："如果这样您就去问问他们的指导老师吧。"

过了一周，她兴奋地告诉我，指导老师同意了，她已经跟那些老头儿老太太们一起练过一次了。我问她感觉如何，她说好极了，那些北京人对她很友好，老师也像对其他中国徒弟那样要求她，她感觉自己与中国人的距离更近了。

从那以后，她每天一大早都骑着自行车去工体那儿练太极拳，无论寒暑，风雨无阻。她从最简单的拳式学起，一步步提高。经过几年学习，最后竟通过了太极拳六段的考试，得到了中国有关权威机构颁发的资格证书，凭此证书她还可以当太极拳老师。

令她高兴的是，在学太极拳的过程中，她用学到的中文跟拳友们交流、聊天儿，交了不少普通北京人朋友。通过实践，她的汉语会话能力也得到了很大提高。

转眼四年过去了，她随丈夫去科西嘉任职。离开北京几个月后，她给我发来一个邮件，大意是她到了新的地方，还是每天坚持打一套太极拳，如果不打就浑身不舒服，太极拳已成了她生活中不可或缺的一部分。邮件还附有一张大照片，照片上是几排法国人，摆着架势，正在跟着她学打太极拳，个个表情严肃。而这些人的背后则是高高竖立的拿破仑像，看这位昔日法国君主的眼神，似乎在好奇地注视着他这帮"臣民"们的一招一式。这不经意间拼凑在一起的有些滑稽的画面不禁使我突发奇想：拿破仑会不会忽然有一天忍不住了也要下来跟他的"臣民"一起打打太极呢？

夫人说照片上那些打拳的人都是她收的徒弟。那块空地是她官邸旁边的一个小广场。因为她到了科西嘉以后每天坚持在那片空地上打太极拳，吸引了附近不少居民观看，于是就有人做了她的徒弟，跟她学打拳。随着时间的推移，她收了一拨儿又一拨儿，那片空地也便成了北京工体北门那样的一个练拳场所。

又三年过去了，丈夫卸甲归田，她要随丈夫离开科西嘉。为了使这里的太极拳操练不致中断，她便委托那些已经出了师的弟子们替她当这里的太极拳师傅，继续教别人。十几年下来，其弟子们的队伍不断发展壮大，规模达到一百多人。她的行为也得到了法国地方当局的认可和支持，于是，她成立了一个太极拳俱乐部。虽然她现在年事已高，健康情况也有些欠佳，但仍信心不减地准备把她的太极拳继续打下去，她要用实际行动让她的法国同胞跟她一起分享中国的文化遗产。

最舍不得缺课的学生

诗琳通这个名字对不少中国人来说并不陌生，她就是泰国国王普密蓬陛下的女儿，享有王位继承权的一位公主，也是中国人民的老朋友、好朋友。

受单位派遣，我于90年代中期赴泰国担任这位公主殿下的中文老师，有幸与其近距离接触，在陪伴公主学习中国语言文化的实践中有颇多感受。下面仅讲自己亲历过的一件小事：

记得是在1996年上半年，公主因公出访西欧几个国家。紧张处理完公务后已近周末，东道国的朋友们便挽留

公主访华时与老师们的合影，右侧为本文作者

她多待一两天，利用假日休闲放松一下儿再回国，但公主谢绝了。她登上了返程航班，连夜往回赶，星期六早上七点多抵达曼谷机场，回到皇宫后简单吃了点儿东西，顾不上歇息，上课时间一到，便拿着她的书和本子准时出现在我面前。

紧张的访问日程，十几个小时的长途飞行，六七个小时的时差，其辛苦劳顿可想而知。尽管面色疲惫，但她仍专心致志地投入到学习之中。

下课时，她脸上露出了胜利者一般的笑容："哈，我终于没误了课。"欣慰之情，溢于言表。

我知道这是她的肺腑之言。由此，我也认定诗琳通公主是一位最舍不得缺课的学生。

随着马航MH370失联的学生

瓦特劳斯夫人，我教了将近四年的学生，于2014年3月8日随着马航MH370失联了，跟她在一起的还有她的一个儿子、一个女儿和她儿子的女朋友——一位法籍华裔女孩儿，他们就是马航公布的失联乘客名单中的那四位法国人。这四个人是利用法国学校的假期去大马旅行的，没想到就这样消失了，至今音讯皆无。

得知此消息，我深感震惊，心情久久不能平静，过去的事情也一幕幕浮上脑海。

记得她曾跟我说她住在北京顺义，离首都机场不太远。每次来校上课都要开车走高速，顺利时20多分钟，堵车时要40多分钟。她的课都是早上八点半开始，这意味着她必须六点左右起床，七点多和孩子一起从家里出发，孩子去法国学校上课，她则来学校学习。除了学习中文，她还学画画儿。此外，她还

学生们的那些事儿

是在京法国人俱乐部的负责人之一，经常参加话剧演出。其在华的生活既充实又繁忙，也蛮辛苦的，就像随配偶来华而暂时放弃工作的其他一些夫人们一样。

一次，她让我帮她和她的孩子们起中文名字，说是给每个人刻一个中文印章，留作纪念。而她自己，则想刻一方比较讲究的名章，用于绘画，并就此同我进行过认真探讨，最后托我

这就是那位在2014年随马航MH370一起失联的学生，照片为该生的绘画老师所摄，作者在此对这位老师表示谢意，并对我的这位学生和随她一起失踪的几位子女深表哀悼。

帮她选了一块价格适中、形状自然的鸡血石料，请高手刻了一方印。看到印章刻工精细、字体优美，她很是满意。后来在一次课上向我展示了她画的一幅静物写生，画儿上就盖着那个印章。我虽不太懂画儿，但凭直观，也觉得她画得相当可以。

我经常想，如果她还在，一定会继续画下去，说不定某一天还会请我欣赏她的画儿，那该有多好啊！

羽毛做的毛笔

>>> 虞启龙（口述） 陶红（笔录）

作者介绍： 虞启龙，男，1925年出生，北京外交人员语言文化中心教授，唐代大书法家虞世南的第三十八代后裔，自幼拜前清翰林王龄鹤学习古文和各体书法，曾于北京南堂法文专科和上海震旦大学读书。在其父——著名京剧票友虞仲衡先生的熏陶下，1950年成为北京京剧团职业演员，同时他不断地钻研书法，并把书法与中国传统戏曲中的舞蹈和音乐完美地结合起来，使每个字

虞老师在讲授京剧脸谱的故事

的结构如同在舞台上演员的亮相姿势一样优美、坚韧、流畅和有力度。1964年,中法建交,虞启龙开始为法国等国的外交官教授中国语言和文化,并陆续在国内外举行书法展览和讲座。虞启龙教授的教学和书法作品受到各国学生的欢迎。1995年,虞启龙教授获得法国干邑市奖章;1996年,获得法国政府最高勋级勋章;1997年,获得巴黎币制奖章。他的作品分别被法国吉美博物馆、塞尔努斯基博物馆、美国前总统老布什和法国多位总统等收藏。

  光阴似箭,日月如梭,本人已经虚度90个春秋。我也记不清,在汉语、文化、历史和中国书法的教学、传承与交流中,究竟教过了多少外国学生。但近二三十年,随着中国越来越开放,市场经济越来越繁荣,国际交流特别是文化方面的交流也越来越活跃和频繁。我甚至在退休以后的日子里,也没有完全离开教学和讲学的岗位。回顾教授的学生们,他们的文化背景不同,肤色各异,性格多样。和他们交流互动的过程中,也充满了丰富多彩的意趣,而且我也学到了书本以外的很多知识。

  与其他同事比起来,可能我做的讲座多一些,比如,我多次给北京国际协会组织活动,主讲"中国书法""中国节日""中国的国粹京剧"等等。

  外国人对书法情有独钟,他们是从纯美学角度看待的,书法中的汉字对于他们来说没有字义,但他们认为墨线在宣纸上是幅很美的抽象画,他们喜欢线条里透露的韵味和气息。所以在书法讲座的时候,我不但讲书法汉字的启蒙,让他们懂得更多的含义;而且我还特意增加了现场书法表演,让观众能在短时间内更直观地了解书写的形式和方法。还有,在人数不太多的情况下,我也会让观众亲自体验一下,让希望动手书写的外国朋友,亲自握笔在宣纸上过过瘾。

  我记得有一次在给北京国际协会组织的讲座中,我先讲到中国文字的起

外交官 学汉语的故事

书法课一景

源,然后讲到从象形文字到楷书字体的形成。记得我自豪地说:"中国文字是世界上唯一从象形文字保留和沿用至今的文字,它是活着的文字。"台下的人不住地点头,还有听得入迷的人,小声称赞并附和着:"是的,是的。""真了不起!"有位大胡子的男士还发言:"是啊,古代埃及、古代巴比伦和古代印度,文字都失传了,我为您的国家而感到自豪。"的确,我也为我们代代相传的文化而感到骄傲!

当我提议:"有哪位想上台,用中国的毛笔写几笔吗?"台下"呼啦"一下举手一片。我本来只想选一位代表上来,可现场有这么多人跃跃欲试,我赶紧选了三位同时上台。我先给他们写了个"鸟"字的样子,然后教这几名外国朋友拿笔的姿势,最后在发给他们的纸上,请他们自己动笔。我看见这三位外国朋友中,一位很严肃认真,一位比较激动热情,还有一位自从上台来就乐呵呵的。他们接受中国文化及学习的热情和勇气使我由衷地感叹！

　　写完了繁体字的"鸟"字，我为了加深印象，故意问他们："为什么'鸟'字的下面有四个点？难道鸟有四只爪子吗？"其中两位外国朋友双手一摊，耸耸肩膀，不明其意；第三位推推眼镜，直接问我："是啊，鸟只有两只爪子，应该是两个点来表示，为什么中国人用四个点呢？"我微笑着指着甲骨文的"鸟"字，解释说："中国古人选的字形是鸟儿的两只爪子正在抓树枝的动作，两只爪子都是前面一画加上后面一画，两只爪子就是四画了。所以，楷书的繁体字'鸟'是四个点来表示。"听到此处，台下台上的观众恍然大悟，我想他们对这个字是印象深刻了。

　　我进一步拿出草书的"鸟"字说："大家看，草书的'鸟'，下面连笔，把鸟爪子，不管是不是抓在树枝上，都简化了，成为'一横'。"我又举起简体字

猜猜这个字是什么？

的"鸟",指着最后一笔说:"所以简化字并不是随便精简笔画,它还是有根据的,基本是参照中国古人的草书来完成的。"经我这么一说,有位外国朋友坐在台下就发言了:"噢!我一直不喜欢中国的简化字,繁体字本来很好看呀!我以为是胡乱减少笔画呢。看来我误会聪明的中国人了!"台下传来哈哈的笑声和噼里啪啦拍巴掌的声音。文化,看来需要多多地沟通与讲解啊!

记得1997年法国总统希拉克及夫人访华,希拉克夫人的参观日程表与政府代表团是不同的。我荣幸地在故宫乾隆花园,乾隆皇帝御书房里给希拉克夫人讲了中国书法历史和文房四宝的使用。

讲座中,总统夫人听得津津有味,时不时地提出问题。她对中国的毛笔很感兴趣,摸了羊毛、狼毫、鼠须、马鬃等几种笔后,还问我有没有用鸟毛做的笔,我回答说:"历史上真有用鸟毛与其他动物的毛混合而制成的毛笔。比如,清朝的乾隆皇帝曾经给法国的路易十四国王写的信,用的笔就是混合毛制作的。"

听到中国跟法国交往历史有关的事情,希拉克夫人和在座的每位嘉宾都饶有兴趣。我继续说:"这支笔笔芯中间是兔毫,外面裹着一层狼毫,然后再裹一层羊毛,最后外面是孔雀的羽毛。这不仅是毛笔的讲究,而且是中国皇帝对法国国王的重视,更是对两国的友好交往的重视!所以,今天非常欢迎您和更多的法国朋友来到中国。"希拉克夫人听到此处深受感动,带头鼓起掌来,嘴里重复着:"是的,是的,谢谢,谢谢!"在座的中国和法国嘉宾受到鼓舞,也立刻掌声一片。

在法国代表团回国不久,我的学生——当时的法国大使毛磊先生,兴奋地要求复课,他高兴并感激地对我说:"谢谢老师啊!我跟您学了五年多书法,您教得好,我功夫也没白下。这次我斗着胆子,写了两幅书法'中国书法奥妙无穷',一幅送给了法国总统希拉克,另一幅送给了中国的江泽民总书记。两位首脑都非常喜欢，尤其是中国的江总书记，夸奖我说'一位法国的大使能用漂亮的中国书法，给中国人送礼，真是了不起！'所以，我特别感谢您对我的教育。"然后，大使将双手举过头顶，用中国的拱手施礼，向我一躬到地。

  在几十年的教学工作中，我跟学生们，既是师生关系，也是朋友关系。令我甚感欣慰的不仅在于学生们语言学习上的进步，还在于自己为中外文化交流、民间友谊的传播尽了绵薄之力。

两个学生,两个朋友

>>> 靳风

作者介绍: 靳风,男,2011年毕业于华北电力大学,随后开始在北京外交人员语言文化中心从事对外汉语教学工作。

作者感言: 在任教期间,我最得意的学生是一位瑞典人。虽然他的汉语水平并不很好,也谈不上特别有天赋或特别努力,但在跟我学习汉语期间,他总会有自己的发现,比如他感到尽管如今传媒与社交媒体十分发达,但外国人

靳风与学生在一起

仍然需要一双不带偏见地看中国的眼睛。于是在中国期间他骑着自行车逛遍了北京的大街小巷，通过安装在车上的GoPro摄像机拍摄了一系列短片，起名为"Mats的北京印象"。尽管他的汉语水平并不是非常高，但通过与我的交流，他燃起了对中国的热爱，并产生了做中外交流的桥梁的愿望，这是令我十分骄傲的。在从事对外汉语教学期间，我最大的收获是习得了一种有意识进行自我塑造的行为方式。所谓教学相长，作为对外汉语教师不仅仅是单方面地输出汉语知识，来自天南海北的学生也给我们带来了不同的影响，教学的过程实际上是一个互相塑造的过程。日积月累，每天与不同的学生相处不仅让我接触了很多新鲜事物，更重要的是让我保持了对知识的渴望、对学习的坚持，以及对生活的热情。在任教期间，我最大的感受是汉语教师是一个成就感超强的职业，而其成就感不仅来源于学生在汉语水平上的进步，更来源于教师自身需要不断适应不同教学环境和文化背景，根据需求完善自己的教学方法，每天每节课都是新的挑战。可能很多人觉得对外汉语教师收入不高，发展也有限，但这一职业无疑也有着属于自己的魅力，更能带给你高于物质追求的人生意义。

浅井桑

说来有趣，做对外汉语教师几年以来，我与最有意思的学生并不是在课堂上认识的。

和浅井桑的结识纯属意外。那天我午休时间跑去外交公寓的篮球场打算活动活动，在做准备活动压腿下腰的当儿，一抬头看见个长发青年端端正正地站在我面前。我心想这大概是来蹭球一起运动的吧，笑了一下就继续下腰。没想到这家伙也跟着来了一个90度的鞠躬。据在场边围观的友人后来介绍说，当时远远看着两个人互相鞠躬，差点以为这俩人是想较量一番柔道呢。

外交官 学汉语的故事

面对这种情况，甭管是为了保护我的面子还是保护对方的尊严，这准备活动是不能再做了。我强装镇定上前搭讪："您是日本人吧。"

浅井桑咧嘴一笑："嗯哪，我是个日本鬼子。"

我一边暗暗惊讶于这个日本人地道的东北话发音和"精准"的自我定位，一边也对此人的性格脾性有了个简单的定位，想来面前这位应该是个搞笑幽默的家伙。经历了一个中午的体育活动和闲聊瞎扯的积极交流，我跟浅井桑发现彼此一拍即合，于是互相交换了电话号码，我也由此成了浅井桑的中文老师。

时年二十又三的浅井桑来自横滨，父亲是驻华使馆的外交官，他自己是学影像艺术的。但跟一般独立的艺术家不一样，这家伙是个宅男。老爹来华赴任，把浅井桑和他妹妹也带来了。得知我业余也做摄影师，在语言和球技上被我碾压得毫无反击之力的浅井桑一下来了兴致，日夜不停地在摄影领域对我进行精神攻击。终于有一天，当他拿着张照片喋喋不休地跟我说教摄影领域的专业知识的时候，我实在忍不住了，对他说："你说的这些根本就没有知道的必要，一张照片给人美好的感觉，那就是一张好照片，不用太纠结技术层面的数据，就像我们中国人都会写汉字，但并不需要知道'茴'字的四种写法一样。"

汉语过了 HSK 六级（汉语水平考试的最高等级）的浅井桑听了大惊失色，连声问那是什么玩意儿，自己怎么从来没听说过。

我说："就是汉字的一个冷知识，你会算你厉害。"

浅井桑听了后戏谑地笑着说："　，你们现在不是以谁的爹有钱来判断一个人是否厉害的吗？"

我说："你这是哪儿听来的？"

浅井桑说："学傻了吧你，全世界都知道。"

我被他说得无言以对，现在中国社会的大环境的确有它的问题，但这些问题也没办法一下子说清楚，我也不想与他争论，于是无奈地笑笑，就此作罢。

受到家学熏陶，浅井桑的中文无论是语法、书写还是发音都几乎无可挑剔，我们的课程大多数时间里都在读报刊书籍。和他平时里闲聊时天马行空的思维不同，浅井桑在学习上可是一点儿也不含糊，是我最认真的学生之一。我送他的一本《三国演义》，他在每一页上都写满了密密麻麻的笔记。我曾经问他："你的汉语水平已经这么高了，以后也未必从事相关工作，为什么还下这么大功夫继续深造，在事业上多花些精力不好吗？"

浅井桑的回答令我印象十分深刻："靳桑，我是日本人，也是亚洲人。中华文明比西方的消费主义更让我感到亲切，与其有时间去了解当季什么服装搭配更潮，我觉得还是读读《水浒》更好。"

我看着他的长发，心想："你这视觉系发型可不怎么支持你的话，读《水浒》是为了打游戏吧……"

时间就在我们互相玩笑和共同的学习中暮去朝来。有一天浅井桑迟到了很久，他对我说使馆门口有很多抗议的人造成了交通的拥堵。中日关系紧张，这是个很复杂的事，一般我不太愿意提起，于是只是淡淡地说了一句："这可真是很遗憾啊！"没想到浅井桑乐了，他说："我们学艺术的，对政治和现实本就看得很淡，你遗憾能改变什么吗？不能。所以也不需要遗憾什么，最终一切都会走向原谅与和谐。"大梦似长歌，真没想到他竟然给我上了一课。

没过多久，浅井桑就回国了。走之前他送了我一张故宫角楼的巨幅照片，还对我说："青山不改，绿水长流。我下次再来的时候，靳桑你得介绍我入党。"这侠客式的告别和他滑稽的举止很不搭调，而他脸上那不舍的神情，倒是意外地与那洒在故宫的宫墙与砖瓦上的霞光，很是般配。

冒险小子罗伯特

北京冬季寒冷干燥，夏季炎热多雨，而夹在中间的春季则一直在刮风。我刚来北京的时候觉得风刮得太狠了，心想：这风干效率一定极高，腊肉挂外面吹一个月能顶在东北挂一年。

2012年刮大风的那个春天我认识了罗伯特，当时我刚当他的汉语老师，约了他见面。结果我俩都忘了那天是清明节，大家休假，我们学校不开门。

于是我俩坐在Jenny Lou's（学校对门特别针对外国人的超市）门口的椅子上，望着难得的晴朗天空，我问罗伯特为什么在发抖。

罗伯特说："因为昨晚我把衣服都洗了，现在没干，只好穿着半干的衣服出门，企图吹干，所以在抖。"

这人真是太没谱儿了，我当时想。

美国人罗伯特出身于密西西比一个富裕的家庭，是我见过的最能冒险的人，在以身犯险方面有着令人信服的经历。彼时罗伯特大学刚毕业，选择趁间隔年（gap year）来中国游历一番，顺便决定自己接下来的人生方向，用他的话说——冒险。在我庸俗的脑回路中，罗伯特这种土豪的冒险应该是一身顶级户外装备杀进云贵川的山区，经历九九八十一难后被公安干警扭送回京。可是罗伯特对人类作为群居动物的特性更感兴趣，选择了潜伏在我们身边了解中国社会。

除了喜欢钻胡同打扰老大爷的清梦和去潘家园同骗子吵架，热爱冒险的罗伯特还有个毛病：一切已被认可的概念，他一定要亲自挑战一下才会接受。有一天上课我们聊高考，我表示我数学一直不好，高考考得也不太好。

罗伯特说："经常听说中国人数学厉害，我就不信。"

我说："你一学政治学的怕是SAT数学都没过600，还有脸说中国人。我拿个题考你一下，你敢不敢？"

罗伯特摩拳擦掌，说："今天我就让你见识一下帝国主义的力量。"

我就随手上网搜了一道小学奥数题，说："你听好了，小明家有个浴缸，这天他一边蓄水一边放水……"

这时罗伯特打断我："哈哈哈哈，这小明是白痴吗？"

"你这人怎么这么没礼貌，不要打断我。"

"你这根本 doesn't make sense（不合情理），一边蓄水一边放水这不是有病吗？"

"题目就是这么设计的。"

他不服："这题没道理，换一个。"

"好，有一天小明……"

"哈哈哈哈，怎么又是小明，你就不能换个名字？"

我没理他，说："小明离小红家 10 千米，有一天他俩相对而行，准备相遇……"

罗伯特说："哈哈哈哈，这俩人有病吧，这么远还走？你能不能说个符合实际的？"

我想了想，说："那说说鸡兔同笼吧，这是个古代数学的经典题目。笼子里有鸡和兔子，一共有 35 个头，94 只脚，请问鸡和兔子各有几只？"

罗伯特说："你查头的时候分不出来吗？"

我泱泱中华这些年的数学精华，就这么让他一节课糟蹋光了。

看起来罗伯特的数学天赋也就这样了，不过他学起中文来倒是相当卖力，而且十分善于运用工具，Quizlet 和 Pleco 都是他介绍给我使用的。他常常对我说："技术改变命运，靳，你们中国的文化是很好的宝库，但是在这个时代这样是不够的啊，需要有点技术手段想办法变现。"我说："对，得有文化产品的输出才行。"

罗伯特一拍大腿："你们有啊，傅满洲，我现在看到他的漫画还吓得睡不着觉。"

我说："傅满洲那是英国人一百多年前创作的文学形象，拿来抹黑中国人的好不好，你给我多看点正经书。"

其实除了互相取笑砸挂，我和他也的确是在互相影响、互相塑造。两年之后，他不再目空一切试图挑战全世界了，我也不再板着脸，只管上课就好。我们都变了，而没有交流，就没有这更好的我们。

我常常对罗伯特说："你这冒险精神真酷。"罗伯特很得意，说："我从小就是我这圈子里最酷的人。"随后又露出忧心状，说："恐怕进入社会后就没法这么酷了。"

我说："你可以无视世俗的压力，继续作死啊。"

罗伯特说："那老板就不喜欢我了，不给我发薪水。没钱就没法酷了，你看无家可归的人酷不酷？有家不回那才酷。"

我说："你有家不回可能是因为不幸的婚姻。"

罗伯特反问我："你觉得我会结婚？"

在中国还没找到女朋友，罗伯特就要回国了，我在簋街给他饯行。席间我说了一堆"中文很重要，你回去不要落下功课"之类的真话，和一堆"苟富贵，勿相忘"之类的玩笑话。

罗伯特"咔嚓"一声掰断了虾头，说："就你话多，你那鱿鱼不吃给我。"

看来他的冒险之旅还远未到尽头。

科隆旧事

>>> **徐静华**

作者介绍： 徐静华，女，1955年出生，毕业于北京大学，1990年起从事对外汉语教学，曾在德国科隆大学东亚系任教五年。

作者感言： "徐老师"这个称呼从17岁就跟着我了，形影相随40多年，从国内跟到国外，从中学跟到大学，三进三出北京外交人员语言文化中心。近六年在两处驻外使馆做大使夫人，大家的称呼仍旧保持不变。我很享受这个称谓，也始终不忘旧业，走到哪里都执教授课，同时不断向形形色色的学生学习。即使教学内容再简单，每年重复，因为学生不同，总会有意想不到的问题提出来，给你惊喜，促你学习。这是这个职业最诱人之处。

徐静华老师近照

礼 物

这已经是快二十年前的事了，现在想起来，一切仍历历在目。

1994到1997年，我第一次在德国科隆大学东亚系教现代汉语。为了让学生能亲身体验一下中国的饮食文化，每个班我都请到家里来吃一次地道的中国

外交官 学汉语的故事

饭，让学生们练习练习用筷子，也学学包饺子。马上到来的这个周末要请的是95级，这个班从入学以来一直是我在教。

星期三下课后，有同学送来一个大红信封。乍一看，我以为是班上谁要结婚（德国大学生可以结婚、生育），打开来，"小红帽"三个大字赫然在目。原来是演出公告和邀请：周五上午课间半小时的休息时间，95级同学在大教室演出话剧"小红帽"。课间半小时？演话剧？我既怀疑又期待。

星期五到了。头两节课一下，教室里便忙活起来，课桌被挪到墙边，椅子摆成一排排，中间有通道，讲台上铺了一条白床单。大教室一下子变成了小剧场。不少同学躲在黑板后面化妆、换衣服。

没等观众全落座，"小红帽"就上场了。啊？这个梳着辫子、皮肤白皙、眉清目秀的"小红帽"是谁扮的？看了一会儿，大家才认出是克里斯蒂安反串的。他从中学就开始学汉语了，所以发音格外标准。"妈妈"是班里原本就年长、已有三个孩子的芭芭拉（德国大学没有年龄限制，只要申请注册，都可以上）扮演的，她天天拎着来上课的篮子成了道具，里面装着她让"小红帽"带给外婆的东西。虽然妈妈嘱咐了走大路、要小心，但贪玩好奇的"小红帽"还是进了森林。脸上画得绿绿黄黄的同学们，原来都是森林中的树木和花草。"小红帽"东采一朵花，西摘一片叶子，每次攀折，花草树木都会发出呻吟声（从这个细节可以看出德国人的环保意识）。突然，斜刺里冲出一个白衫老者，胸前挂了个牌子，看了字才知是老子（老子的思想在欧洲非常受欢迎，他的人气比孔子旺），脸上虽然画了寿眉、胡须，大家还是认出那是维蕾娜反串的。她竭力劝阻"小红帽"不果，嘟囔着"不听老人言，吃亏在眼前"，骑着青牛（一辆绿色儿童汽车，德国人的汽车情结随处可见）飘然而去。

"小红帽"到了林子深处的外婆家，身着毛茸茸的外衣、露着一条大尾巴、戴着眼镜的狼外婆（这是学习最好的学生之一——大海扮的）躺在床上（讲台），肚子鼓鼓的。见"小红帽"进来，急不可耐地问："你给我带来什么好东西了？""小红帽"一边往外拿，一边一字一顿地说："一双筷子，一瓶茅台酒，还有一本《毛主席语录》。"观众笑着鼓起掌来，我也觉得这些典型的中国元素抓得不错，至于为什么会出现《毛主席语录》，大概学生们上的中国当代史课上正讲到"文化大革命"吧。接着，"小红帽"觉得不对了，只听她问："外婆，你的眼睛为什么这么大呀？"

"为了看你看得更清楚。"

"那，为什么你的嘴也这么大呢？"

"为了吃你吃得更方便！"（我们刚学完程度补语）

话音未落，"小红帽"已经被狼外婆吞下去了（到了讲台下面）。在大灰狼肚子里，"小红帽"才见到了自己的真外婆。这时，猎人赶来了，怎么是个武士？拿着的是一把剑。原来，扮演者文森特同时也学习日语和日本学。所以，他演的猎人就成了武士打扮。

演出结束，导演艾美兰（光看名字以为是中国人吧？同学们的中文名大多是我起的，尽量贴近原文发音，汉字要漂亮，意思要好，又要"很中国"，比如严思、施改革、章书、夏琴，后两人是一对夫妇）站起身说："徐老师教我们一年多了，她很严格，也很严肃，开始我们都以为她不喜欢我们，慢慢才知道，其实她是一定要教会我们什么，上她的课我们都很开心。周末她请全班去她家做客，这出戏是我们大家送她的礼物。我们根据《格林童话》编的中文台词，自导自演。但是，只演给徐老师一个人看有点可惜，所以今天在系里公演。"

"啊？是这样！"震撼，感动，竟使我一时语噎。

敢问诸位，收到过这么有创意的礼物吗？

外交官 学汉语的故事

告 别

  2001 到 2003 年，我第二次在科隆大学任教。两次累计起来共五年，是我汉语教学生涯中最有意思、收获最大的五年。教学对象是大学本科生，他们学习动力大、劲头足，课时也多。我学的外语教学法、课堂操练技巧在这里有用武之地。虽然每周 16 课时，要上五到七门不同的课，我在科隆的生活除了吃饭、睡觉就是备课、上课、改作业，但我始终乐此不疲，且教且珍惜。因为，学生总是不断给我带来惊喜，提出各种意想不到的问题，比如为什么"我很累"是对的而"我很病"就不行，为什么不能说"我把饺子吃在食堂"，等等。他们促使我这样学外语出身的对外汉语教师不断学习和钻研。更何况，科隆大学规定，外籍教师在这里工作累计不得超过五年，否则校方就得给长期工作合同。为了保证所教语言的鲜活，校方希望每隔几年就能有学生所学语言的母语者来任教。

  四个学期转眼就过去了，这一天下午已是最后一课。欧洲的冬季白天很短，四点半，天已擦黑。虽然想了好久了，仍然不知道和学生告别时说什么，怎么说，我怕自己话没出口先哭了。离下课还有三分钟，忽然传来了轻轻的敲门声，坐在门旁的同学起身开了门，高年级的一个同学手里捧着一支蜡烛走进来，她身后紧跟着一个又一个不同年级和班级的同学，每人手中都捧着一支点燃的蜡烛，一共来了几十个。等大家都进来之后，他们三三两两凑到一起，拿出一张纸齐声唱了起来："不要问，不要说，一切尽在不言中，这一刻偎着烛光让我们静静地度过，莫挥手，莫回头，当我唱起这首歌，怕只怕泪水轻轻地滑落……"怎么会有这样的事，我心里想的、感受的，都被学生们唱出来了，要知道我们的年龄、文化背景和人生经历是多么不同。人与人、心与心能这样相通，世界上还有比这更令人动容、让人欣慰的事吗？我自然只剩下流泪的份儿，听他们唱下去："伤离别，离别虽然在眼前，说再见，再见不会太遥远，若有缘，有缘就能期待明天，你和我重逢在灿烂的季节。"

这个出人意料的烛光合唱告别使我又一次被深切地感动和震撼。送礼物、告别，都是人生常出现的场景，完全可以送束花、送张CD，可是我的学生们在紧张的学习、工作之余（我知道绝大部分学生上大学都打工养活自己，即使家境殷实，父母也只帮助出房租），为一个老师，花这么多时间和精力准备一台戏作礼物，排练一首歌来告别，这里面蕴藏着多少情谊、尊重和关怀啊，同时也让我学习到了德国人的思想和创意。这两件礼物虽然现在都看不见也摸不着了，但它们毕生留在我心中，始终给我带来温暖，并不断地启发我、激励我。

前缘后续

>>> 张宇

作者介绍：张宇，女，北京外交人员语言文化中心教师。

作者感言：我正式成为对外汉语专职教师已经三年多了，而进行汉语教学活动也有十年了。十年前，我第一次在日本乡村教授老年人汉语的情景至今记忆犹新，并令我感动不已。现在，我的学生已经遍布七大洲。通过教授汉语，我在深刻感受汉语魅力、体会中国文化博大精深的同时，也在享受着与不同肤

张宇给日本江津市役所举办中国讲座

色、不同种族、不同国家的人们友好交流的"联合国"般的乐趣。我所在的学校搞征文活动，要写写我们在对外国学生的教学过程中的逸闻趣事。我偶尔翻到很久以前自己写的一篇博客，觉得挺合适的，那就从这篇博客起头吧。

夜店里的汉语沙龙

75岁的花田先生是我的学生，也是汉语爱好者。他经常在自家经营的酒吧中组织汉语夜沙龙活动，以帮助自己和其他爱好汉语的朋友提高水平。

昨晚，花田先生又邀请我去参加他的沙龙。这一期的主题居然是"恋人之间说的话"。参加沙龙的除了花田先生和夫人，还有40多岁的职场妈妈佐藤、30岁的全职太太惠莉、身份不明的中年男子平井。大家练习的句子有"我对

张宇给日本某公民汉语沙龙上课

你一见钟情""你觉得我怎么样?""咱俩相识是缘分""嫁给我吧,我会给你幸福的"等等。我心想,老花田不厚道,选这么个话题给一堆已婚人士怎么个意思啊。果然,平井每学一句就恨恨地说:"没有机会用啊。"他们请我来的目的是让我帮他们纠正发音以及答疑解惑。可是我一进门,花田夫人就给我看一篮子她家才出生一个月的小猫咪,还说我们可以抱回去养。这些猫咪太可爱了,我和惠莉一晚上都在跑题讨论养猫还是不养猫。这话题一会儿从"不要离开我"跳到"猫半岁能长多大",一会儿又从"你讨厌我了吗"蹦到"给猫做绝育手术要花多少钱"。当平井埋头苦记"我是真心的"的时候,惠莉正连说带比画地给我讲她养的一只兔子吃了两根胡萝卜撑着了,撑得太难受了,在阳台上跑来跑去,跑来跑去,终于崩溃,跳楼自杀了。那边只听花田悠悠地说"你走了,我怎么办"。

万千思绪透过这篇博客涌上心头,青翠的群山、蔚蓝的大海、童话般的小镇、老老少少的友好笑容,扑面而来,一下子带我穿越回十年前。

一老一小的课堂

2006年4月18日,是我第一次教授汉语。当时我是日本岛根县江津市(一个人口只有2万多的沿海城镇)的国际交流员,工作之一就是为各社区的汉语爱好者教授汉语,还没有专职从事汉语教学工作。

第一次上课,面对的是平均年龄70岁的学生,很是发怵该如何跟他们打交道。当时的我20多岁,很少接触老年人,更别提教老年人学习汉语了。课后,一位个子不高、脸圆圆的微胖的女士对我说:"老师,我叫长谷川,69岁了。我是在大连出生的,我想学中文,去大连看看。我还在学习中国的水墨画。"这些话她是用日语夹杂着汉语说的,她试图用以前学过的汉语词汇表达,用了很长时间。虽然发音完全不准，但我深刻地感受到她是多么努力地想说出"长谷川""大连""中国""水墨画"，多么渴望可以开口说中文。一时，我感动得要流出眼泪。顿时感到我和这些老人们很亲近，也下定决心要把这每周一次的汉语课上好。

后来，我发现他们学习同样的内容虽然已经四五年了，但还是记不住，也不会说。但这并没有影响他们的学习热情，这些老人们风雨无阻，从来没有缺席过。我想他们大多没来过中国，不知道今后有没有机会来中国，下了课也没人说汉语。与单纯的学发音、学说话相比，他们更喜欢听我讲中国。于是，我就脱离了课本，天马行空地讲起来。记得最快乐的一节课是这样的：

那是六七月份的一天，一连多日的梅雨天终于放晴了，大家都很高兴。那天一上课，我就教给他们"今天是个大晴天"的说法。然后引出"今天是个好日子"，并拓展了"日子"这个词，教给他们"这日子没法过了"。还开玩笑地说，一定要记住这句话，万一哪天在家和老伴儿吵架生气了，就边哭边说"这日子没法过了，离婚"。虽然不知道他们听明白了没有，但能看出来他们听得特别起劲，特别有兴趣。然后，我从"日子"的"子"拓展了很多带"子"的词汇，如本子、桌子、椅子、儿子、桃子等等。说到桃子，有个学生说他喜欢吃桃子。说到"吃桃子"，我马上想到了一首儿歌：

我们我们我们猴子，
爱吃爱吃爱吃桃子，
好多好多好多桃子，
装进装进装进箱子。
奇怪啊，奇怪，真奇怪！
没吃桃子少了桃子，

外交官 学汉语的故事

没吃桃子少了桃子。

箱子有洞，老鼠偷吃！

于是，在座的十几位古稀老人，兴致勃勃地跟着我一起唱："我们我们我们猴子，爱吃爱吃爱吃桃子……"

给日本老年人开办的中国文化课

十年过去了，有些老人的名字已经有点记不清了，我却总能想起那天一起唱儿歌时的欢乐情景。他们一个个精神矍铄、热爱生活，那些充满童趣的笑容总是浮现在眼前。

除了教老人们的汉语课，我还要定期去几所小学，给小学的汉语课外俱乐部以及其他有需求的学生进行汉语指导。有福温泉小学是一个只有11个学生的山里小学，到了夏天，小学生们的书包上还要系上铃铛预防不时出没的熊。在这仅有的11个小学生里，有三个孩子是出生在日本、生长在日本的中国人。虽然他们的父母是中国人，在家里父母也说汉语，但孩子上学后，基本不说汉语，只说日语。家长和学校都觉得孩子不应该忘记自己的母语，就请我去辅导他们说汉语。他们三个是姐弟。大姐燕燕六年级，个子比同龄孩子高很多，是全市的跳高冠军。哥哥小旬四年级，喜欢打棒球。弟弟小舟一年级，胖乎乎的，很可爱。第一次去有福温泉小学，是校长开车接的我，一路上山路十八弯，我差点吐了。没想到，来到山顶，别有洞天，竟有一个很温馨的小学。有秋千架，有滑梯，有一盆盆的植物，还有个花园。这时，几个孩子从体育馆里出来，穿着白色的运动衫、红色或蓝色的短裤，浑身洋溢着运动的气息。里面就有燕燕，鹤立鸡群，引人注目。

燕燕和小旬的汉语发音都很生硬，像日本人的发音。小舟因为年龄小，发音还不错。我和小舟可以用汉语对话，但燕燕和小旬就只能听，不怎么会说了。后来，我每周去辅导他们一次，主要以讲故事为主。他们特别喜欢听《西游记》的故事，而且说他们在家里可以收看到中国的电视节目，经常看电视连续剧《西游记》。有一次，我给他们讲《西游记》。

我问："唐僧都有什么本领？"

小舟："他会念咒，一念咒，孙悟空就头疼。"

小旬："唐僧就是一个只会念咒的笨蛋（あほう）。"

我问："孙悟空当上齐天大圣后，负责照管桃园。孙悟空是猴子，你们知道猴子最爱吃什么吗？"

小舟："香蕉。"

我说："不对，猴子爱吃桃子。大猩猩才爱吃香蕉。"

外交官 学汉语的故事

小舟不服气："猴子也爱吃香蕉。"

我说："《西游记》里的猴子就爱吃桃子。孙悟空把玉皇大帝开宴会的桃子都吃了,玉皇大帝很生气。但玉皇大帝打不过孙悟空,就找如来佛帮忙。你们知道如来佛是什么人吗?"

小舟:"我知道,就是头上长满团子(頭に団子がいっぱいある,团子是一种日本小吃,像没馅儿的小汤圆)的神仙。"

有福温泉小学因为学校里有三个中国孩子,所以决定在市里的歌唱比赛中用汉语演唱日本歌曲《大海啊,故乡》,请我去给孩子们纠正发音。这首歌太熟悉了,我是听着这首歌长大的,只不过小时候不知道这原来是首日本歌曲。孩子们练习得很刻苦,力争每一个字、每一个词都能发音准确,旁边的老师们

张宇的日本小学生汉语俱乐部

也在小声练习。演出的时候，我去看了。老师给11个孩子编排了动作，整体非常精彩，发音也很好。

"大海啊，大海，就像妈妈一样，无论天涯海角，总在我的身旁。"在这抒情的歌声里，我有些想家了。燕燕、小旬、小舟，大海是你们生长的地方，中国也是你们的家乡。记住这首歌，别忘了要有一天回到家乡哦。我想，这也正是学校选择汉语歌的良苦用心吧。

离开大海的日子，一晃十年过去了。回到中国后，没想到机缘巧合，我后来成为专职教授对外汉语的老师。想想以前的课堂，恍如隔世，也许正是那时的经历，让我与对外汉语结下了缘分，让我在相似又完全不同的课堂上继续着。

火车与马车

2015年8月底的北京，秋老虎发威，一点也没有即将入秋的凉爽。这一天，骄阳似火，蓝天白云。我提前五分钟来到教室，打开空调等学生来。没一会儿，"你好，我来了。"穿着白色低胸吊带、超短牛仔裤，踩着八公分高跟鞋的土耳其人G用帽子扇着风，走进教室。"我骑自行车来的，太热了。I'll take some water，我喝水。"

G跟我学汉语两年了，她特别喜欢聊天，每次上课前，都要和我聊一会儿。我们经常讨论时尚、健身、美食、家庭等各种女人感兴趣的话题。记得她刚来北京一两个月的时候，有一次，G一进教室就说："今天太气愤了。"原来她手表没电了，换个电池被宰了500块。我听了很不好意思，对她说："真抱歉，你在北京遇到这样的事，我作为中国人也觉得很羞愧。"G却说："不关你的事，在哪个国家都有'宰老外'的事。所以，我一定要学好汉语。"

G非常时尚,永远穿着八公分以上的高跟鞋,我在教室里,只要听到外面传来"嘎达嘎达"的声音,就知道是她来了。无论春夏秋冬,从她身上都可以找到本季时装的流行元素。她还曾想过去北京服装学院进修时装设计,因为语言和时间安排的问题最终作罢。G其实有50岁了,但从她的身材与穿着根本看不出来。作为普通中国人,到了50岁,可能只有刘晓庆能穿成那样,还要被很多人诟病。我倒是很欣赏G的女人范儿,她身材高挑,再配上新颖的服装、金棕色的波浪长发、适当的妆容和漂亮指甲,给人年轻、时尚、充满活力的感觉。我经常想,我到50岁的时候,也要像她这样做个有活力的女人。

一天下课后,G说她听到了钢琴的声音,问我是不是有钢琴课,她可不可以去学。G说她小的时候生活在土耳其,那时连见都没见过钢琴,更别提学了。每当看到别人弹奏钢琴,就很羡慕。后来到德国工作了25年,一直都很忙,也没想过学钢琴。现在,走廊里回荡的钢琴声,突然令她燃起了学弹钢琴的欲望。然后,她就开始学琴了。

此外,G还通过朋友介绍,在北京一家国际幼教机构找了一份工作,教小朋友制作美食。她非常享受这份工作,经常对我说那些孩子太可爱了,让她觉得自己都变年轻了。

G在50岁的时候,离开生活了半辈子的地方,辞去工作,跟丈夫来到中国,以开放的心态接受全新的环境,挑战新事物,保有一颗好奇的心。她对生活的热爱正是她保持青春的秘诀。受她的启发,我也重拾钢琴,以圆儿时未竟的梦想。我们之间又多了一个共同话题。

不过,说起G学汉语的经历,可就不那么一帆风顺了。G是和她的丈夫E一起开始学习的。E是葡萄牙外交官,身材高大,风度翩翩又不失硬汉形象,总让我想起法国影星让·雷诺。E本来就精通葡、德、英、法四种语言,又在日本工作过七年,懂一些日语,也认识不少汉字,有很高的语言学习天分。刚开始学简单的内容时，两人还可以保持同步，但很快 E 就表现出明显的优势。E 的接受能力很强，也不纠结于单个的词和语法点，经常一点即透，课文读得很顺。这给 G 带来很大压力，让她感觉自己很笨。而且 G 的学习方式是必须弄明白一句话里每一个词是什么意思、为什么要这样用，才能弄懂整句话的意思，一定要打破砂锅问到底。比如在讲结果补语的课文里出现了"买到票了、做好饭了、写完作业了"等表达，G 就必须弄清楚"到""好""完"的区别，什么时候用"买好票了"，什么时候用"买到票了"。在讲"看得见 / 看不见，买得到 / 买不到，起得来 / 起不来"的语法点时，E 可以说 1 秒通关，立刻就能举一反三了，但 G 直接崩溃了，她拿起本子当扇子，一边扇，一边气急败坏地说："这是什么课本，为什么把这么多复杂的内容放在一起，我就是不明白啊。你们别管我了，你们接着讲吧。"

这课对我也是蛮煎熬的。他们俩是我转行做专职汉语教师后，第一次单独授课的学生，我作为一个刚入行的新人，还缺乏经验。面对这么一对儿语言水平、接受能力和学习方式完全不同的夫妻组，既要让两个人都有所收获，又要注意课堂气氛，有时还得调节他们的关系，真是极大的挑战啊。好在 E 非常照顾 G，愿意按照 G 的进度学习，有时为了 G 能更好地理解，还会亲自给 G 解释。但这又往往引发他们的争吵，看着他们用德语叽里呱啦，然后气氛异常，我就想他们为什么不分开上呢。

其实 G 早就想分开上课了，但 E 希望两人一起。我想是因为 E 太爱他的妻子了，希望哪怕是中午一小时，也可以陪伴妻子吧。他们从一开始来上课，就经常手拉着手学习，能看出他们有多恩爱。可现在，一起上课变得不那么愉快了。后来，再遇到 E 毫无障碍 G 却不懂的时候，我就仔仔细细地给她讲，直到她完全明白为止。E 则在旁边，两眼发呆地望着黑板神游天外，静等 G 自己开窍。

这样过了半年多，他们终于分开上课了。我给 G 换了一本适合她的教材。她虽然依然喜欢纠结于每一个词，但分开上课后，没有了旁边优等生的刺激，她的心态平和了很多。G 说："我终于知道自己学了什么，以前都是云里雾里的，什么都没记住。"这样，G 驾起自己的马车，按照自己的步调，缓慢却扎实地前进着。

E 则凭借语言天分，急速列车般向前驰骋，只不过因为开得太快，总有货物被甩出来，每到一站，必须回头捡掉落的东西。聪明的人就是这样，理解能力太强，总想学新的东西，急于向前走，反而基础不扎实。很多词汇和用法学过就忘，需要不断复习。现在的 E 和 G，你开你的火车，我驾我的马车，朝着共同的目的地前进，至于谁先到，还真不好说。

从毛泽东到曼德拉

L 是南非使馆的外交官，他跟我学汉语的时间并不长，只有两个月的时间，后来因为工作安排我不再教他了，但他却给我留下了深刻印象。

第一次上课是 5 月初，正是北京天气大好的时节。L 从使馆走过来，一路上鸟语花香，令他心情舒畅。来到教室，他高兴地说："今天天气真好。知道吗？老师，我第一次来北京是 12 月份，南非正是热的时候，北京却有零下十度，我以为自己要被冻死在北京了。让我到北京来工作的时候，我还不想来呢。真没想到北京还有这样的季节。""当然有了，"我告诉他，"春夏秋冬，一年四季，北京都有。现在是最美的春天，很快你就知道北京的夏天有多热了。"

有一次上课，我在黑板上画了一幅中国地图，标出北京、上海。突然 L 问湖南在哪里。我很奇怪他为什么对湖南感兴趣。他说因为毛泽东是在湖南出生的。我进一步问："你很了解毛泽东吗？""我很喜欢毛泽东。"L 回答，"他很了不起，在朝鲜打败了美国人，是英雄。我们从小在学校里就学过这段历史。我想去湖南——毛泽东的家乡看看。"我有些惊住了，没想到远在南非，有人熟知抗美援朝，崇敬毛泽东。我立即想起了曼德拉，对 L 说："南非的曼德拉，在中国人心中也是英雄。曼德拉和毛泽东一样，都是伟大的人。"这回轮到 L 吃惊了，问："真的吗？你们也知道曼德拉？""是的，曼德拉领导民族独立运动，在监狱里度过了漫长的时间。他的事，中国人也是家喻户晓。而且著名的香港乐队 BEYOND 为曼德拉写了一首粤语歌《光辉岁月》。这首歌 80 年代前出生的中国年轻人都会唱。"L 听了非常高兴。

然后他又问广州在哪里，他说有很多中国人到南非去开商店、销售商品，这些人很多都是从广州来的。南非人用的很多东西也都是从广州来的，广州的东西又便宜、质量又好，有机会他一定要到广州看看。后来，他又问了中国哪个省农业好、哪里畜牧业多等问题。显然，他对幅员辽阔的中国兴致之浓厚，远远超过了课本上的"你家有几口人"。那节课，我们几乎没有学汉语，而是在聊中国。

后来，我没再和 L 联系过，也许他已经走遍大半个中国，切身感受到了中国人情、中国制造，学到的语言也更加丰富了。

混三里屯的阿拉伯人

英俊的脸庞、健硕的身材、阳光的笑容，换上白色长袍，围上头巾，就是玩儿鹰养豹子的阿拉伯王子啊。网上的各种阿拉伯王子也就长这样，终于有个养眼的学生了。第一次见到穆罕默德的时候，我浮想联翩。

穆罕默德是沙特阿拉伯人，初中起在美国上学，大学时在美国跟一中国东北人学了汉语。毕业后，因为家族生意来到北京，虽然他汉语已经说得很好了，

外交官 学汉语的故事

但为了更好地跟中国人做生意，他还是希望能有进一步的提高。

穆罕默德这位美国长大的穆斯林，是三里屯酒吧的常客，酒吧的保安都是他的哥们儿。每次上课的时候，都感觉他好像还宿醉未醒。穆罕默德喜欢北京，喜欢中国。他说："中国比美国好。就说北京吧，晚上再晚，也不怕一个人走在路上。我在美国上大学时，有时夜里两点多从图书馆出来，走到街区交界处就会害怕有抢劫的。而且美国还经常发生枪击案，太不安全了。不过北京就是太堵车了。"

穆罕默德还喜欢讲他的各种经历。比如，他在夜店里有人看他不顺眼，和他起了争执，要打他，他用汉语说："大哥，你是来喝酒的还是来找不痛快的？"对方听他汉语说得好，转怒为乐，而且请他喝酒，并交了朋友。还有他在香港阻止人插队的事，他用汉语大声提醒"别插队，大家都要遵守秩序"时，那人很惊诧地看他，他很得意，说："你看我干什么，我没说错啊。"显然，穆罕默德对于自己是外国人，却能说一口流利的汉语感到很骄傲。他还很不留情面给我指出："你们的教学楼太旧了，该重新装修了。"

一天早上六点来钟，穆罕默德给我发短信说家里有急事要回沙特，然后就很长时间没有联系了。有时路过三里屯酒吧街附近，看到来来往往的各种肤色的外国人，我会想起穆罕默德，这里或许有很多长期隐藏于此的"中国通"吧。

随着中国国力的增强，北京的国际化进程飞速发展，常驻和流动的外国人不断增加，每天都有大量的外国人学习汉语。我自己在教外国人说汉语的道路上才刚刚起步，而这条路可以说前途光明、任重道远。我愿意把它作为今生的事业，一路欣赏，一路探索下去。

乐此不疲

>>> 孙岳如

作者介绍：孙岳如，男，1967年毕业于外语学院（现北京外国语大学），从事对外汉语教学30年。先后为联合国、欧盟、俄、美、英、法、意、澳、德、日及原独联体等驻华外交和新闻机构以及商社人员教授中文，曾两赴号称"俄罗斯外交官摇篮"的国立莫斯科国际关系学院任教，先后共六年。

作者感言：作为教师，能令其感动的事无外乎是学生们的爱戴和尊重。记

跟孙老师打太极

外交官 学汉语的故事

得还是在国立莫斯科国际关系学院工作期间,那是1998年元旦之夜,已是夜里11点左右,我正在准备迎接新年的到来,有些对未来的期盼也有些远离祖国和亲人的伤感……突然,敲门声响起。我打开门,看到五六个学生站在走廊里,有的捧着鲜花,有的拿着礼物,还有一个学生打扮成圣诞老人模样,背着一个口袋,一个个盛装打扮,有的女同学还穿着裙子呢!他们身上还披着雪花,眉毛还结着冰霜,脸颊通红。要知道,那时莫斯科夜里的温度几近零下30度啊!他们特意约好,从很远的地方赶来陪老师过年。我们在一起度过了一个美好的夜晚!异国他乡,看着这些青春洋溢的学生,思乡之情尽扫,这情景至今难忘! 这也促使曾做过行政和外交官工作的我选择教师作为终身职业。作为一个"老派"的对外汉语教师,我觉得从事这项工作应该秉承的原则是:传道授业、踏实做人、忠诚使命、会通中外。

说起汉语作为第二语言教学的历史,我们学校的渊源颇长,怕要追溯到上世纪20年代从武汉章老先生穿梭于东交民巷时代开始,其后数十年一直是以"打游击"的形式进行教学的。正是在敬爱的周总理的亲自过问下,才有了为驻华外交官专门建立一所学习汉语的学校的构想,并于90年代初有了我们自己的教学基地——北京外交人员语言文化中心。那时,对外汉语教学还只是一种边缘教学,作为一门学科,我记得是在1989年第一届世界汉语教学大会时才在我国确定下来的。斗转星移,风风雨雨,我已在这条道路上攀爬了30余年,自有其艰辛,但更多的是快乐。现将在漫长教学活动中的花絮,采撷数枝,开东西文化撞击之门,观中外风化各异之情,以飨诸位耳目。

黎明·贺尔先生

　　黎明·贺尔先生，一位"十全十美"的英国学生，彬彬有礼的外交官。

　　他是我在90年代初教过三年的学生，时任联合国难民署驻华代表。初见他时，便感到了一种英国绅士风度：思维清晰，举止得体，柔声细语，彬彬有礼。他的居室干净、清爽、整洁，书架环列。他对中国人民充满感情，较好地解决了当时中国南部边境和南海，以及伊朗动乱引发的过境中国偷渡欧洲的移民鉴别和安置问题。云南地震，我问他难民署能否捐款，他说那不是他们所说意义上的难民，但他后来还是为之争取了几百万的援助，这在当时是不小的数目。他离任时，难民署的中方人员洒泪相送。在机场贵宾厅，我看到匆匆赶来的国务院外办领导，他们埋怨他为什么不告诉他们航班，一位领导说："贺尔先生走，我们一定要送的，您对中国人民的友谊，我们永远不会忘记！"

　　我们开始学习时，他已学过一些汉语，可以进行日常汉语会话，但只是拼音，不懂汉字。但他不满足，希望能学习一些报刊和时事文章。开始时，只能我读他听，就题目讨论。显然，这课就深入不下去。后来我们就商定开始学习汉字。他说每天学习八个，照这速度，他乐观地说："那两年就可以掌握4 000汉字了！"我说："不用4 000，有1 500个汉字你就可以看简单的中文文件和报纸了。"说实话，这个预期让师生二人都兴奋起来。不过我心里也免不了犯嘀咕：大多数人都是这样，总是开始时雄心勃勃，到头来还不是不了了之。我们一周三次课，每次我给他16个字。半年后，他真的记住了上千汉字，还让阿姨给他买了少儿读物看。两年后他就开始读《人民日报》了！我问他工作那么忙，是怎么做到的。他说他喜欢中国，对中国历史感兴趣，晚上除了去买点东西，基本都是学习。他是单身，住在建国门外外交公寓，那里灯红酒绿，诱惑很多，但他从不涉足那些场所。他告诉我，他是剑桥毕业生，考了法语博士，

外交官 学汉语的故事

又学习泰语，联合国的工作是他用泰语考上的！他决心把汉语拿下来，学习对他来说是种乐趣。那时，中越边界难民很多，我国安置、收容的农场也不少，他与各省民政部门领导开会时，除非大会正式发言用翻译，其他小范围会议他都直接用汉语进行。到后期，我们开始学习中国成语，他表示汉语学习使他更加聪慧，会伴随他一生。

论级别，贺尔先生是使节级高级外交官，但他从不居高临下、盛气凌人；反而待人谦和、宽厚豁达，事事为他人着想。这从他对身边工作人员的态度上就可见一斑：

他汉语说得不错，我建议他可以在办公室和中方雇员说汉语，这是很好的练习机会，但他说："不，我在办公室不说汉语，因为那些中国工作人员都想提高英语，我要帮助他们，给他们创造机会。"

我看他家里多了几盆花，就问他怎么不养几盆好点的，他说那是阿姨的，她家地方小，就放在他的家，阿姨常常忘记浇水，都是他照看。

有一次人民大会堂举行招待会，邀请驻华使节参加。第二天上课我问他会开得怎么样，他说没看到，他去的时候人家正在退场。我问他怎么回事，他说司机走错路了，去大会堂，把他给拉到动物园去了。等他们到了，会也结束了。我说这样的司机还让他干？他告诉我司机58岁了，出了使馆区，基本不认识路，他要是解雇了他，别人更不要他，他就会失业了。还说他是一个人，上下班让司机接送，平时自己开车就可以了。

去各省和国外开会，他都带翻译去。我说你不是自己可以吗，干吗带他们去呢？他说，去外地出差，一般都有招待和礼品，也会有翻译的一份，对他们来说是很好的机会，所以都会想到他们的。他说宴会他从不用翻译，以便让他们安心吃饭。

我们一起去郊游，走着走着他突然不见了，我急忙回去找，原来他被一伙大学生围着练习起英语来了,他说他们不容易找到机会练口语,帮帮他们吧!
……

贺尔先生就是这样一位从来不说"不"的英国绅士,一位感动你、让你不由得不向他学习的善良的人,一位难忘的好学生,中国人民的好朋友!

奚伟德先生

这位学生我教了四年了,当然他不是按部就班学习,只是来中国出差时我们才上课。他今年75岁了,其学习精神实在让人称道。通常情况下,他11点入住饭店,1点钟就开始上课,每次三节。要是晚上到,第二天就整天学习,六个小时。有时为节省时间,他就带着行李箱来上课,下课直接去机场。学习时认真做卡片,一丝不苟。他本身是黑森大学教授、博导,但他对老师十分尊重,不耻下问。每次上课都明显看出他是认真复习并做了预习的。他说,他在飞机上读他的中文卡片,别人觉得他是个怪老头,好奇地看他。有一次,他缠着绷带来上课,原来他在家里下楼时跌倒,手臂骨折了,但他在飞机上还用受伤的手架着大辞典进行学习,实在不可思议。每次上课,他都将新词语做成卡片,随身携带,无论在饭店、办公室还是飞机上,一有空就学起来。

要知道,他是家族企业的董事长,他家的跨国公司在十几个国家开设了分公司,开办了30多家工厂,流动资金达40亿欧元!我问他干吗还这么拼命,他说公司是祖上留下来的,只能搞好,不能搞坏。他虽是老板,但钱不是他的,是公司的,用他的话说,"是扩大再生产的"。他说他也领工资,不能随意花费。再看看我们那些有钱就挥霍的土豪,这是多大的差距!他思维清晰,精力充沛,像一台机器那样超速运转。在德国还在任课,同时,也是莫斯科大学客座教授,还是中国科技大学、安徽大学、厦门大学特邀教授,还要去北京外国语

外交官 学汉语的故事

大学和北京大学做讲座。他在安徽和浙江先后投资办了三家工厂。今年默克尔总理访华,李克强总理陪她参观了奚伟德家族在合肥的两家建材厂。目前,他还在筹备下边的项目,是个典型的"儒商"。他被授予"合肥市荣誉市民"的称号,是安徽黄山奖获得者。他精通德、英、法三种语言,正在学习俄语,还在攻读中文,学习孔孟之学,他说在家里每天看央视中文国际频道,以提高中文听力水平。他去安徽出席开工典礼或招待会,都是用中文发言。他挂在嘴边的一句话是"芝麻开花节节高",这不正是他对事业和学习的追求吗?有一次,想到这位学生,我不禁发出这样的感慨:

古稀之年,犹奋蹄不止,相比之下,汗颜!

有生之年,思学海无涯,有此榜样,思齐!

高级翻译阿尔曼

这是一位年轻的哈萨克斯坦驻华外交官。他从长春大学对外汉语专业毕业后来大使馆政治处工作,负责与中国的双边关系,自然就要有较高的中文水平和外交知识,熟悉驻在国国情,大学里学过的中文显然不够用,所以来我校继续深造。

刚来时,他颇为自负,觉得在学校成绩优秀,又被选拔为外交官,在中国也生活了几年,一般报刊可以看懂,语言表达也没什么大的问题。我们的汉语课不是从词汇和语法开始,而是从语言说起,到中国历史,进而涉及国学,再到为人处世。中华文化博大精深,中国历史绵长悠久,华夏文明和中亚各国的关系复杂深远,这些都使他意识到要做一个名副其实的"中国通",还有更长的路要走。

为了学习,他放弃了哈萨克人喜欢的每晚朋友聚会,中午一点下了班,也先来上课,后回家吃饭,若来不及就不吃了。有一年,他休假也没回国,留在北京学习。

他阅读大量的中文杂志,熟记中文里的一些政治词汇和惯用表达法,上中文网站寻找网络语言。开始,我们是读中文报刊,他进行综合复述,以后是专题讨论,诸如中哈界河问题、输油管道问题、中国劳务出口等问题。他的中文知识面得到了大大的扩展。大使馆注意到了他的中文水平,开始让他做一些翻译工作,这样我们又开始了翻译课。先是我找俄文材料,他翻译成中文,一字一句地抠,一段一段地顺,慢慢地,他翻译的速度加快了,每节课可以翻译两三页。

当他作为翻译开始参与同中方的谈判时,现场的气氛和要求又有所不同,他觉得自己翻得不错,可有时中方人员却一脸迷茫。这是因为俄语文章中的长句子太多,倒装句太多,原文直译搞得人云里雾里。我们开始做拆分练习,来个反转,看汉语新闻电视时用俄语解说,有时他会邀请我去招待会的现场听他翻译,回来后纠正。就这样反复折腾,他终于上了一个台阶。使馆工作的第三年,他开始为大使和从哈萨克斯坦来的部级代表团进行翻译,之后为他们的总理来访全程翻译。当纳扎尔巴耶夫出席博鳌论坛时,他就作为哈方首席翻译出席了。当然,两国元首正式会谈还是我们中方出翻译。但是会下的一些双边活动,基本都是他来翻译,当哈总统离开时特意对他们说:"这次来我还感到高兴的一点是,我们哈萨克斯坦有了自己年轻的中文翻译。"

桃之将实,其果也硕。其实,比摘桃人更快乐的是园丁。

中华文化的境外传播者

在90年代,我有幸受当时教委委派,两次赴国立莫斯科国际关系学院任

外交官　学汉语的故事

教，教授汉语。

这是一所在俄罗斯炙手可热的学校，在世界范围内也有很高的知名度。包括现阿塞拜疆等数名原独联体国家的总统、拉夫罗夫在内的几届俄罗斯外长都是从这里走出去的。江泽民、胡锦涛，还有我们的习主席到访俄罗斯，都曾在学校的大礼堂做过讲演。历届联合国秘书长及其他访俄的国家元首，也都要在这里发表演讲。

这个学校号称是全球最大的外语基地，据说教授五十几种语言，其中最瞩目的是汉语教研室。

这个教研室是二战时著名的莫斯科东方大学汉语专修班的一部分，许多"红二代"，诸如毛岸英、毛岸青、刘少奇的女儿、朱德的女儿等都在这里学习过。现在这里是培养懂中文的俄罗斯政治、外交、经济和媒体各界高级外语人才的一个基地。我在这个集体里前后工作了六年，可谓感触良多。

康德基先生，教授，教研室主任　在原独联体，学汉语的没有不知道此人大名的，因为他们所用的俄语注释教材就是他编写的，还无人可以代替。他口语流利，不带任何口音，教学经验丰富，要求严格，培养了大量汉语人才。他经常组织汉语竞赛，连续几年组队参加在北京举办的外国人汉语大赛，夺得过冠军，现俄罗斯外交部的发言人扎哈罗娃就是当时比赛的主要辩手。他在教研室从不说俄语，要求老师和到教研室办事的学生也都说汉语。教研室用的日历都是中国的，墙上挂着麻姑献寿等四扇屏，逢年过节还贴春联，在异国他乡营造了一个中国小环境。我们教研室开会，也按中国传统，都是茶话会形式，桌上摆满从中国带去的茶、糖果等，用拉家常的形式开会，会议完了还都表演个节目或用汉语说个笑话等。他们为自己是汉语老师而自豪，常说"汉语是最丰富悠久的语言，能当汉语老师是很值得骄傲的"。中国的传统道德影响着他们，他们从不像西语系那些老师那样板着面孔，都是一副笑容可掬的模样。

柯托夫老师 这是一位中苏友好的使者,二战老兵,他从青年时代就在东方大学教汉语,近80岁还在教学一线。难能可贵的是,他还经常抱着书本来请教有关汉语的问题。柯托夫和陈昌浩(西路军总指挥,后退出政坛)一起编撰了我国第一部正式的俄汉词典,为两国交流做出了不可磨灭的贡献。1953年,柯托夫曾为周总理当过翻译,毕生从事中苏友好方面的工作。

柳芭老师 70来岁的柳芭老师依然风韵犹存、和蔼可亲,像妈妈一样呵护着自己的学生。柳芭为人低调,遇事总是用商量的语气。相处两年后,我才知道她就是毛岸英在苏联时的女友!她向我讲述当年和毛岸英同班学习汉语的故事,那时毛岸英是苏军炮兵中尉,英俊挺拔,学习认真。开始柳芭不知道他的身份,但对这个青年颇有好感,后来逐渐发展为恋人,但是,战争使他们分离,可那段回忆很难忘记,直到那时她还一直保留着毛岸英的照片,多次向我回忆毛岸英身着红军军装来上课的情景。

当年与莫斯科国际关系学院的同事们合影,左一为柳芭老师

外交官 学汉语的故事

风趣的课堂　由于文化背景不同，风俗习惯的差异，加之当时使用的是中国教材，故在教学中经常出现一些趣闻，现择两则。

记得在教《汉语实用课本》时，书中有一课讲的是三姐妹被派到荒无人烟的三峡灯塔上工作。她们克服了生活上的困难和精神上的寂寞，日夜为来往的船只导航，人们亲切地称她们为"当代神女"……当我按照课本要求向这些俄国学生提出"我们应该向她们学习什么"时，静寂一会儿后，一个女生举手回答："我们不学习她们！"我愕然，问："为什么？"她回答："那么艰苦的地方，为什么让姑娘们去？"这时别的学生也都插嘴："中国的男人们都干什么去了？""中国不是尊重女性吗？"……我一时无语，也是，男孩子都到哪里去了呢？

孙老师的学生

还有一节课，说一个青年工人在长期的工作中，爱上了自己的师傅小张姑娘。姑娘也有意，于是徒弟约师傅周六在公园见面，小伙子换上新衣服，姑娘也刻意打扮一番。见面后，他们一起谈工作、谈理想。当小伙子说"希望我们能互相关心、互相爱护，成为生活伴侣"时，姑娘脸一红，就跑开了。看着姑娘的背影，小伙子心里充满了幸福……我问学生们怎样看待他们的爱情，学生们有些茫然，他们问我："老师，他们每天都在一起，既然互相喜欢，为什么不直接说呢，还要去公园？"

另一个学生说："见了面，为什么不求爱，还谈工作、理想？"还有一个问："姑娘脸红，跑了，为什么？是不同意吧？"我对他们说："中国人表达爱意比较委婉含蓄，不像你们那么直接，一般不会在大庭广众下搂抱和亲吻，旁若无人。"他们问："那在哪儿示爱？"我说："回家，找个清净无人的地方。"一个姑娘马上反驳："难道在家里爱，人多就不爱了吗？更应该爱！"我无言以对，仔细想想也是这么个理儿。

　　这些故事发生在那个年代，中国在改变。现在在中国的公园里甚至公共汽车上也时常看到公开示爱的情形，现在的对外汉语教材里的爱情也难得看到这么含蓄的羞羞答答的做派了。但类似的文化差异总是存在的，也是我们对外汉语人压箱底的谈资。

春华秋实

>>> 朱晓星

作者介绍： 朱晓星，女，1995年毕业于北京语言大学，2001年于北京师范大学获得硕士学位。从1995年至今在北京外交人员语言文化中心从事对外汉语教学21年。2001年至2003年在仰光外国语大学中文系任教，2008年至2013年担任泰国诗琳通公主殿下的中文老师，2015年至今在美国瓦萨学院中文日文系任教。

作者感言： 我人生最大的遗憾是还没有机会去尝试从事别的工作，虽然我相信我也一样可以做得很好，但是我不能确定我可以得到同样多的乐趣和成就感。我非常高兴能有机会接触到来自不同国家、地区以及不同文化和民族的学生。在教学的过程中，通过了解、碰撞、接纳、吸收、融合，世界在我眼中成为多彩、立体、多元的镜像。我很荣幸成为这样世界的一部分，并且为它做着我自己独有的贡献。

朱老师在上单人课

1995年我大学毕业到北京外交人员语言文化中心工作，至2015年刚好从事对外汉语教学工作满20年。随着我的学生们来来往往，换了一拨又一拨，我自己也从一个最初只是对对外汉语教学充满热情但是却懵懂无知的小老师，成长为对对外汉语教学依然充满热情又有了一些经验的老老师。我热爱这个行业，是因为这是一份可以"活到老学到老"的职业。北京外交人员语言文化中心的学生以驻华机构和使领馆的工作人员为主，因此这里的老师可以接触到来自不同国家和地区、有着丰富的学习经历和人生阅历的学生。在帮助他们掌握汉语语言知识和技能的过程中，老师们获得了巨大的成就感。与此同时，老师们也常常会为学生的个人经历和个人魅力所感动。每一个学生都是一扇窗户，帮助我们了解外面的世界——那些你不曾到达过的地方，也可以帮助我们更了解自己——那些你可能不曾注意过的方面。

麦恒溢

麦恒溢先生是我最先想起来的学生，虽然称他为学生实在是有些惭愧。他是美国使馆汉语培训项目的负责人。大约20年前我们相识，我给他上过几节课。因为他的汉语水平实在是太高，我能起到的作用十分有限。我曾经问他："如果给你个机会能像大山那样出名，你干不干？"他回答说："我只想老老实实做好自己的工作。""言必行，行必果"，这20年，他从北京到台北，又从台北回到北京，一直忙于从事汉语培训工作。这中间我们有缘合作编写了《汉语简明语法手册》一书，我再次领教了他认真负责的工作态度。本来他负责的部分是审核英文文稿，但是等我拿回稿子，却看到除了英文外，还有写得密密麻麻的中文。原来他在看稿的过程中，凡是他认为有解释不到位或是学生容易出错但是编者却没注意的地方都标注了出来，并且写上自己的意见。这本书的出版令我十分放心,特别是英文部分,他不会允许有一个错误出现。20年后的今天,当我在网上查找中文语法维基网站时,欣然看到这本语法书也成为他们的资料来源。这时我心里最想感谢的人除了语言文化中心另外四位编者以外,就是麦先生了。麦先生还非常善于鼓励别人。他曾经对我说:"你的特长之一就是能够对谈话对象的心理进行准确的预判。如果学生找不到恰当的词来描述,你总能帮助他们找到那些需要的词。"这句话也许麦先生早就忘记了,但是我却记在了心里。自从他指出我所谓的"特长"后,我开始对教学有了自信。有时我甚至想也许我应该再修一门心理学,一定会对我的工作有所帮助。从某种意义上来说,麦先生应该也算我的老师了吧。

奶奶辈的学生

2013年我从泰国完成教学任务回国。安娜是我回来后教的第一个学生。当时她已60多岁了,但是看起来却像个年轻人。还记得当我们学习如何询问家庭成员的时候,我问她:"你有几个孩子?"她说:"三个。"然后,她故意装作很期盼的样子想引导我继续问。看到我没有理会她的意思,她只好调皮地用英语说:"你应该继续问我有几个孙子孙女。"我大吃一惊,连忙用汉语问她:"你有几个孙子孙女?"她得意地笑了起来:"三个。两个孙子,一个孙女。"虽然年纪不小了,但是安娜的学习热情十分高涨。身为以色列驻华大使夫人,日常应酬很多,但她尽量不在上课时间安排工作。我曾经引用她的例子来劝说别的国家的大使:年纪大、工作多其实并不妨碍学习汉语。有时候她头天晚上刚从以色列坐飞机回北京,第二天就来上课了,一边打着哈欠,一边充满歉意地对我说:"我还有时差。"

对于学汉语,安娜的态度极其认真。上课之前她会在学校对面的咖啡店要一杯咖啡，然后打开课本，朗读对话。店里的营业员早就见怪不怪，甚至还有热情的中国顾客帮她答疑解惑。上课时，如果有不懂的地方，她绝不会轻易放过，甚至有时会缠着我一遍又一遍地问。跟她一起学习的比利时学生笑着说："老师，我就喜欢看安娜在课上向你的权威挑战。"对这样的学生我当然是举双手欢迎。除了让我不能有一丝懈怠以外，她所取得的进步给我带来了很大的成就感。以前我没教过以色列的学生，她是第一个。那些关于犹太人的传说，都在她身上得到了验证。她有空的时候就喜欢看书，阅读范围很广。她读了很多专家写的关于中国方方面面的书籍和文章，对于很多热点新闻都有所了解。在课上曾经和我探讨过中国的"剩女"问题、同性恋的现状以及中国妇女去美国产子的热潮。她说中国人都说犹太人聪明，其实犹太人只是好学和喜欢读书罢了。她的另一大爱好是打太极，24式、48式都学得有模有样。周末她常去朝阳公园跟中国人一起打太极。有一些高水平的太极拳爱好者会给她指点一二。在课上向我汇报时，安娜会显得异常兴奋，因为虽然她还有些不习惯别人接触她的身体，但这使她觉得更加融入了中国人的生活。安娜比我年长一些，但是对生活充满了热情，这点让我自愧不如。

目前我正在美国瓦萨学院的中文系教二、三年级的学生。这是一段新奇又充满乐趣的经历，相信以后我会告诉你们更多更精彩的故事。

小摩西的飞行梦想

>>> 薛祎彤

作者介绍：薛祎彤，女，2013年毕业于北京外国语大学，随后在北京外交人员语言文化中心从事对外汉语教学。

作者感言：在教学过程中，我最大的体会是这是一个教学相长的过程。在讨论某些问题时，不同国家的学生常给我新的想法和理解，使我有更全面和深入的思考。虽然学生大都比我年长，但我和他们的关系就像朋友一样。其中印象最深的是一位意大利外交官，我们平时上课就很聊得来，休息时经常一起去

薛祎彤老师在主持京剧进校园活动

她家做比萨,去我家包饺子。就连她回国后,我们也还保持联络。当了三年汉语老师了,我有很多收获,最具体的也是最大的收获就是教学经验的积累。很感谢学生的包容信任和其他老师的帮助,让不是对外汉语专业的我现在也能够独当一面。

摩 西

摩西是名八岁的圭亚那男孩儿。在教他之前,我就在学校的楼道里看到过他好几次。摩西每次都穿着英国学校的小西服,系着领带,戴个小眼镜,神似迷你版的哈利·波特。每次见到他时,他都安静地跟在其他老师身后,抑或是乖乖地站在办公室门口等老师。一个腼腆羞涩的小大人儿,这是我对他最初的印象。

后来,我成了他的中文老师。慢慢熟悉后,发现他和一般的小男孩儿一样,非常活泼、爱搞怪。每周三,英国小学放学后,摩西就来中心上一节汉语课。每次上课的前几分钟,摩西都会一边享用加餐,一边听课。加餐是他的妈妈或是家里阿姨事先准备好的,果汁、水果或是一些小零食。想想也是,在学校待了一下午,要是饿着来上课,小朋友都会坚持不住吧。所以,我和他上课的话题也一般从"吃"开始。

"今天吃什么呀?"

"芒果汁和……老师,这个我不知道……"

"这是海苔。"

然后他得意地指着包装上面写的 wasabi 给我看,炫耀他吃的是芥末味的。

小摩西很爱吃大大卷水果卷。与其说是吃,不如说是玩儿。红色的水果卷,他咬着一头儿,另一头儿用手拉得长长的,含糊不清地说:"老师,看,这是我的舌头。"

摩西来上课时，通常都是高高兴兴的。可小朋友就是小朋友，偶尔也会闹个小情绪。记得有一次，我在教室里等摩西来上课，只见他一推门就拉开椅子坐下，双手托着腮帮子，嘟着小嘴不说话。妈妈随后进来把他的书放下，表情也有些严肃。上课后我问他怎么了，他先是不说，然后气鼓鼓地说："我不喜欢妈妈了！"他接着解释道："妈妈给我香蕉，但是我不喜欢吃香蕉！""不喜欢就别吃了，好吗？""不行，妈妈让我吃。"说着还是把香蕉拿起来乖乖吃掉了。看着他生气又委屈的样子真让人觉得可怜。

课上，小摩西最喜欢的是翻词卡游戏。词卡的正面是汉字，反面是图画，我说到哪个词，他就要把对应的卡片翻到背面。每次课的词语有更新和轮换，但唯一不能换掉的是"飞机"那张卡片。因为摩西太爱飞机了，可以说是痴迷。他对各个航空公司的标志了如指掌，能记住不同航空公司的常用机型。甚至连不同机型飞机的引擎、轮子、驾驶舱内操纵杆的差别都能说得头头是道。每次上课时，只要玩到"飞机"那张卡片，摩西一定会加一句："我想当飞行员！"这是他的梦想。他说，开着飞机就能到很多地方。我便问他最想去的是哪里，他毫不犹豫地答道："圭那亚！因为我没去过圭那亚。"虽然摩西是圭亚那人，但出于安全的考虑，他的父母没有带他去过圭亚那。摩西从小就跟着当外交官的父母来到中国，并没有机会去圭亚那看看。

给我留下最深印象的是和摩西的最后一次课。那天，雨下得特别大，摩西来上课的时候淋成了落汤鸡。阿姨说她其实带伞了，只是小朋友想在雨里玩儿。一上课，摩西就跟我说他要离开中国了。我以为是学校要放暑假了，他要出国度假。没想到他接着说："我要离开中国了……forever！"说完做了一个装哭挤眼泪的表情。这下我才意识到这是我和他的最后一次课了，或许也是最后一次见面，离别得那么突然不免让人更加感伤……

小摩西的飞行梦想

由于摩西爸爸在中国的工作任期结束了,他们一家即将搬到英国生活。摩西说他会想念北京的,还会想念学校里许许多多的朋友。从某种程度上讲,像摩西这样的外交官的小孩儿,是十分幸运的。他们从小就能跟着父母在不同国家生活,感受不同的文化,有着优越的生活条件和他人无法企及的人生经历。可是,随着父母工作的变动,三五年甚至一两年,他们就要搬到新的城市或国家生活。离开熟悉的环境和朋友,重新适应陌生的一切。然而对于环境的变动,孩子们也只能接受,无可奈何。

最后一节课结束后,小摩西送给我一张画,上面画着他最爱的英国航空A380飞机,而画中的他,当然是坐在驾驶舱内的飞行员。无论生活在什么地

摩西的画

方,我相信摩西都会一步步实现他的飞行梦想。我很期待小哈利·波特长大后变成机长的样子!

好好学习,天天向上

说到德国人,你的第一印象会是什么?严谨、认真、细致?没错,这些特点都能在艾友轩的身上得到验证。不过,还要外加一点,那就是勤奋。虽然我教艾友轩中文的时间不长,短短一个月,八次课,仅仅作为他去上海工作前的中文培训,但我却常常被他的努力而感动。也许是年龄相仿的关系吧,这种触动就更加深刻。

艾友轩的中文还不错,两个月后准备考汉语水平考试(HSK)四级。记得第一次课上,我们聊天聊了很久。从和他的对话中,我能感受到他是一个对自己有很高要求的人,对课程内容也有着自己的看法。

他那时23岁,在欧盟做实习生,日常的工作也很繁忙。我们通常是下午上课,可每次课前,他几乎都没时间吃午饭。即便这样,他也要挤出时间上汉语课。他说:"别人一天有24小时,可我要36小时才够。"

有一天晚上七点多,学校里已经没什么人了。在我从教室回办公室的途中,突然有人叫我的名字。我一看,原来是艾友轩。可那天晚上我们是没有课的,原来他怕在家里没有办法学习,所以特地来学校写汉语作业。

说到作业,每次要下课前,艾友轩都会主动问作业是什么,并且把每一项作业记在笔记本上,连作业的页码、题号他也会认真地记上。也许,这是德国人骨子里带的细致吧。就像我有一次纠正他中文的句号是小圆圈而不是小圆点儿时,艾友轩开玩笑道:"你是德国人吧!"好像只有德国人才会那么认真似的。

在汉语课笔记本的封面上，艾友轩写上了"好好学习，天天向上"八个字。我想这是他的座右铭，也是他每天都在努力做的。当勤奋变成了一种习惯，收获的自然就会更多。即便已经离开了校园，学习仍是要继续下去的，不论是谁都应该"好好学习，天天向上"。

教学相长——记一位非同寻常的学生

>>> 刘广新

作者介绍： 刘广新，男，1959年进入外交部工作，自1979年起在北京外交人员语言文化中心从事对外汉语及文化教学直至退休。期间，两次赴中国驻外使馆工作，还曾在毛里塔尼亚努瓦克肖特大学教授汉语。

作者感言： 除汉语和法语外，我还担任过二胡、太极、气功、书画、烹饪、麻将、魔术的教学工作。不论汉语还是文化，我都尝试以"速成"作为自己的教学特色，实践效果还不错，受到普遍欢迎。我最想跟大家分享的是我教

刘老师近照

教学相长——记一位非同寻常的学生

一个84岁的法国老太太学二胡的故事。毕竟年纪大了,法国老太太学了三四节还没入门,按弦的左手和操弓的右手不会配合,节奏也找不到点。我就让她放下琴,两人一起唱儿歌,第一首儿歌是法国的《雅克兄弟》,中国人把它的音乐调调移植过来就成了《两只老虎》。通过简单的打拍子、唱简谱,找到胡琴弦上对应的把位。终于,法国老太太在内外两根弦上摸到了她熟悉的《雅克兄弟》。20次左右的教学,我们就这样学习了10首儿歌。针对成年外国人的语言及文化教学,就得是这样,一把钥匙开一把锁,因材施教,触类旁通。我想,最值得对外汉语人玩味的东西大概就在这里吧。

每当我想起这位学生时,我的心情是很复杂的。十多年前,当我刚刚迈进汉语教学这个陌生的领域时,突然遇到这样一个难教的学生,我真有些不知所措。

他是欧共体(现"欧盟"前身)某国驻华大使,一位已近花甲之年的老资格的外交官。他精力充沛,工作忘我,处世老练,待人有些圆滑,甚至还有点儿刻薄。他通晓五国语言,并决心攻克汉语这个难关。

教师在他眼里充其量不过是个雇员而已。在教学上一切都是他说了算。他认为自己有丰富的学习外语的经验,主张学以致用。他要学什么,教师就得给他编什么教材。我的前任是位很有经验的教师,已经教了他一个月。况且他又知道我是位初出茅庐的新手,所以从第一节课开始,他就对我有一种不信任感,总像个考官似的要考考我。在他情绪不高时,为了打发时间,好像有意无意地要找些问题来同我纠缠一番。由于他记忆力很差,有时会回答不上来我的问题,若在一堂课上有三次这种"卡壳"现象,那这堂课就别扭极了。他甚至会无端地迁怒于教师,怪教师没讲清楚。处在这种境况中的我,只有以百倍的努力,想方设法地教好他。但是我并没有信心,甚至时刻准备着被他解雇。

外交官 学汉语的故事

　　偏巧就在这个节骨眼上，一件小事使我有机会一显身手，轻而易举地度过了"信任危机"。事情简单得很：这位新到任的大使将去拜会当时的外交部部长黄华。他准备在见到部长时先不讲外语而说两句漂亮的汉语，以便给部长留下一个"难忘的印象"，因此他要我准备两句说词。经过演练，这两句亮相的台词他已背得滚瓜烂熟了："今天，部长阁下能在百忙之中接见我，我感到非常荣幸。对此，我不胜感谢！"几天后，他兴冲冲地告诉我，他的表演很成功，今后部长再见到他时，一眼就会认出他来。又过了些时候，欧共体使团在机场为邓颖超访欧送行时，他又出了个大风头。邓大姐同各位大使一一握别，当走到他面前时，他高声讲道："希望您注意身体，多保重。祝您访问成功！"邓大姐完全听懂了，非常高兴地哈哈大笑。他这一手儿让周围的大使大吃一惊。事后，他很得意地告诉我："这些大使中有几位是汉语学家呢，但他们会说中文，却不会用。我这两句话不仅让他们感到意外，有的人还很忌妒呢！"初学汉语使他尝到了甜头。此后，为他准备些客套话、祝酒词，写几句讲话的开场白或一些简短的讲话，就成了我们的重要教学内容。往昔笼罩在师生间的阴云，顿时烟消云散了。

　　然而更坎坷的道路还在后头。第一年内，他掌握着教学的主动权。处在被动地位上的教师考虑到种种原因，不能像对别的学生那样进行检查复习。有时为了照顾他的情绪和面子，还得适当地迁就他、鼓励他。但是，我万万想不到的是，他休假两个月归来后，除了"你好""再见"没有忘记外，连"你身体好吗？""星期三再见"之类的话也听不懂了，简直令人难以置信。然而，此后他也有了些变化，他不那么挑剔了，也不那么好高骛远了，对教师也比较尊重了。为减少些口语讲课的时间，以便在课后有充分的时间复习，他要我讲授汉语语法、汉字部首和结构，后来又练习写汉字。有时我也讲些他感兴趣的文化知识。他学习上虽无明显的进步，但学习热情丝毫未减。

谈起他的学习毅力，实在令人钦佩。每周三节的汉语课真是雷打不动的，一般外事活动均要让路。哪怕他在凌晨三点或五点才上床，八点也一般要按时上课。他好几次发着烧，披着睡衣听教师讲课。他不允许教师迟到。他若站在官邸门外，那就是一种无声的批评；他若站在大门外散步，他会说"我以为你病了"。在时间上他对教师要求很严，每节课他坚持上满一个小时。九点下课时，他经常要教师陪他从官邸走到使馆，以便在路上再讲几句中文。有时他去机场，为了赶回来学习几分钟，他也要我等他。特别是在隆冬数九寒天，或在狂风暴雨中，等在他的官邸门外，真不是滋味。九点前不得离开，有时他赶不回来，教师就得白白地干等一个小时！

第二年的学习已经过去了，但是他的学习成绩很不理想。我为此大伤脑筋。为了让他开窍，我坚持少而精、反复练习和学以致用的教学原则。大概在第三个年头，"顽石"才露出了点"灵气"。他的口语能派上点儿用场了：买东西、去饭店、叫出租汽车。一次，在星期天接了一个中国人打来的电话，他用汉语居然讲通了。又过了些时候，他的口语又有了新的进步。经打听才知道，原来这位单身的风流大使正在用他那可怜的几句汉语来谈情说爱，对方是一位不懂外语的中国女士。后来，这对情侣居然神话般地结为伉俪。显而易见，此后的教学就轻而易举、如履平地了。

我教了他将近四年。坦白说，在我们之间谈不上有什么太深的友谊。不过为了教好他，我是不遗余力的。无论怎么说，他是一个用功的学生，是教师的使命感要求我一定要教好他。我是个刚刚执教的新教师，我要借这个学生来进行一次新的职业学习和实习，他是一位为发展两国友好关系而努力工作的大使。作为一个已经退役的外交官，我在新的岗位上仍能为祖国的外交事业，特别是"四化"大业做点努力，多么令人鼓舞啊！他留给我唯一一件有价值的纪念品是一个红色塑料夹子。这是在两国建交十周年时，他在香港特别订制的一种小纪念品,上面分明印着两国国旗和他要我作的一副歌颂两国友谊的对联。此中凝结着我的精神劳动,表达了我的良好愿望,所以我很珍惜它。

记得在我们最后一节课上,他拿出厚厚的一叠笔记告诉我,这样的笔记他有整整一抽屉,他已整理好,将带往新的任所——加拿大,并说:"在加拿大,你还是我的教师。"他还说:"经过认真思考之后,在我所认识的中国人中,同我这样面对面地讲话最多的人,我认为只有你一个,除了我们的学习之外,我还通过你了解了中国和中国人,所以我喜欢中国,喜欢中国人。"在告别招待会上,他对各有关方面一一致谢之后,高声说:"对刘教师表示特殊的感谢!"在别人看来,这不过是句客套话而已,但是对于一个含辛茹苦教过他四年的教师来说,此时的感受就不那么一般了。

如今,我从事汉语教学已经11年了。在我教过的百余名学生中,他是最难教的一个。若从教学相长这个角度上讲,他是我最难得的一个学生。

【编者注:此文写于1991年,为北京外交人员语言文化中心第一次征文作品。】

在波兰教汉语

>>> 乌兰

作者介绍： 乌兰，女，1956年出生，北京外国语大学毕业，波兰大学文学博士，1995年开始在北京外交人员语言文化中心从事国际汉语教学工作，后受国家教委委派，到波兰格但斯克大学开创中文系并担任中文系主任至今。

作者感言： 本人除了教学，还承担了大量的波兰文学的译介工作，为此还获得波兰文化部长颁发的波兰文学贡献奖章。我非常喜欢我的工作，每天跟学生在一起非常充实，每每看到学生的进步，我的内心都会充满幸福和愉悦。

乌兰老师近照

若干年前，远离父母、孩子和家，作为外交官的我在波兰任职，与波兰结下不解之缘。

现在，又一次远离家，在五十而知天命的年龄，作为公派教师再次来到波兰格但斯克大学教汉语。

2013年，初到波兰格但斯克大学，我负责协助学校筹建中文系。作为一所国外大学的中文系，建立之初，可谓"一穷二白"，没有办公室，没有教材，

外交官 学汉语的故事

没有老师，没有设备，没有任何的生源。于是，我就从每一张桌椅、每一台电脑、每一本书开始，一砖一瓦，慢慢积累。常常是把自己所有的个人关系全部用上，也委屈了很多朋友，让他们无私地帮助我。

还记得刚到波兰时，学校照顾，安排给我一间30平方米左右的宿舍，这是一套20世纪70年代的老居民楼。刚搬进去时，窗户到处钻风，波兰冬天气温又很低，维修的工人也一直不能到位。没有办法，我只能找来一条毛毯堵住窗户，即使这样，也不能全挡住风，风大的夜晚，窗户常发出呜呜的声响。加上宿舍提供的被子又薄又短，睡觉时，我把所有的大衣都盖在床上，才勉强暖和一些。

国家的支持、朋友的帮助、学生的刻苦努力，都会让我生活上的艰难感减轻很多。格大中文系日班的学生，一般是在全国通过考试的10个左右的学生中选拔出来的优等生，他们既认真刻苦，又年轻有活力。这不，经过严格的学院派教育和短期留学后，格大中文系二年级的学生，现在已经可以说一口流利的汉语。很多中波企业、大使馆、领事馆、公司都邀请他们去实习，用人单位非常欢迎。

除了日班，格但斯克大学也开设了周末班。每个周末，从波兰各地来的学生拖着行李箱来到中文系学习汉语。他们中，有的是已成家有孩子的母亲，有的是政府部门的工作人员，有的是公司职员，也有的是近60岁的大龄学生，为了同一个目标——学好汉语，一起来到中文系。我常常是周末上午八点钟的课，看到他们学习的认真劲儿，常常被他们感动，也强烈地意识到作为一名教师的使命感和责任感。

前段时间，母亲病危，作为长女的我，获得了短暂的假期可以回北京探望。父亲也常年住在医院的病房里，每日能守在他们身边，他们开心得像个孩子。短暂的探亲假期很快结束了，又因为即将面临期末考试和各类繁多的学校事务，叮嘱好弟妹和女儿照顾好老母亲，我又匆匆忙忙地赶回了中文系，忙碌起来。

现在，母亲还住在医院的监护病房里。她已经脱离危险期，可以说一点话。每天我和她通一小会儿电话，她说话还有些不清晰，但总是不忘叮嘱："好好工作啊，我都好啊，别担心啊。"往往此时，我的眼泪常忍不住夺眶而出，女儿不在身边，不能尽孝照顾她，祈祷她老人家能健康平安。

作为一名20年教龄的老教师，有时候静下来时想想，既有对家的愧疚，又有对家人和学生的无限支持和鼓励的感谢，让我每走一步，都时刻铭记：我不仅仅是我，有时候一个人代表的是一个国家的形象，代表的是中国汉语教师的形象。

两年多的时间过去了，格但斯克大学中文系从零起点到现在已经发展成为波兰北部具有影响力的中文系。全校现在已有多个系开设汉语选修课程，他们喜欢汉语，迫切地渴望了解中国的文化。学校已经形成了一股学习汉语的热潮。同时，学校汉语兴趣小组已开办起来，"中国日"活动的常规进行，"汉语角"每天学生络绎不绝，波兰赛区"汉语桥"比赛成绩优异，学生有关汉语与语言的社会实践活动有序开展……每一天，我们的老师们都能够看到学生们的汉语在明显进步。另外，可喜的是，格但斯克大学孔子学院也已获批，今年九月即将正式揭牌。

在波兰公派期间，我还很荣幸地通过了波兰国家学术委员会考核，获得了格大校长颁发的波兰大学高级博士学位，这是有史以来第一位获得波兰大学高级博士的中国人，也是第一位获得波兰大学高级博士学位的亚洲人。同时，因为对波兰文学、文化的推广及波中友谊做出的突出贡献，我获得了波兰驻华大使颁发的波中建交65周年勋章。

离开家的日子里，有父母、家人的无限支持，能为国家汉语推广、中国传统文化传播做自己微不足道的一点点贡献，心愿已足，幸福之至。

汉语教学小记

>>> 任可心

作者介绍： 任可心，女，2010年毕业于北京语言大学法语专业，随后在北京外交人员语言文化中心从事对外汉语教学工作，至今已经六年了。

作者感言： 经过这么几年的对外交官的汉语教学，我最大的收获是：越来越了解自己是一个什么样的人，以及自己所追求的是怎样的一种生活状态。虽然仍在不断地成长和继续摸索未来的路上，但比起刚刚毕业时的那个小姑娘，现在的我更优秀、更自信，也更幸福。在教学的过程中，我也越来越觉得自己

课堂教学中的任可心老师

懂得还不够，还需要继续学习。不仅仅是汉语这门语言本身，还有中国文化的各个方面，都需要我不断深入地去学习。中国文化，不管是茶、禅、琴、画，还是书法、建筑、哲学、传统、民俗……每一样都值得人用一生的时间去好好探索，去感受和理解我们这个民族背后深厚的美学，从而继承我们这个民族独一无二的精气神。我信奉的人生格言：不求，不留。

只可意会不可言传

还记得多年前选择法语为专业时，有那么一段时间，我还认真地把翻译当成过自己未来的职业追求。

时至今日，虽然做的是汉语教师的工作，与翻译相关的问题，倒是也多多少少都有触及。在语言教学的过程中，常常也要处理翻译层面的问题，每到这个时候，我就觉得想学好任何一门语言都不是一件易事，恨不能随便选一门都要花上一辈子时间来研究，这也包括自己的母语——汉语。另外，我越来越发自内心地觉得，翻译，是一项不可能完成的任务。

汉语翻译成外语，抑或是外语译成中文，似乎都是不可能完成的。

比如我的一个法国学生，汉语大概是四五级的水平。按理说，语言学到这个程度，上课已经基本不再需要媒介语了，我们应该可以很顺利地用汉语进行沟通和交流了。

可这位学生不喜欢读课本，刚开始，他找来每周的时事新闻叫我帮他一起读。这位先生是做环境工作的，因此选择的材料也多与环境相关，于是，二氧化碳、二噁英以及总悬浮颗粒物、可吸入颗粒物等词语都成了我们上课的常用语。

这也倒不是什么太困难的事，毕竟通过提前备课还是可以借助词典和网络

外交官 学汉语的故事

把这些对我来说是专业术语的词语给择出来。

可后来的某一天,这位先生举着朋友送他的一本余华的《活着》,说想读这个。这本书不算太长,语言文字也不算太难,句子也大都不长。于是我就满足了他的要求,开始了每天早上一个小时的晨读。

问题也就跟着来了。

其实上课本身也没什么问题,问题出在备课上。

确实,这个语言难度对他来讲,还算可读。一般来讲,我需要提前把要读的章节准备一下,查一查词,查一些历史背景等资料。这位先生对中国那个年代的那些事情特别感兴趣,经常要刨根问底,我就得去查当时的历史事件和国家政策之类的。所以常常一个小时的课,我得再拿出一到两个小时来准备。这还是建立在我已经把全书通读过一遍的基础上,知道哪些段落由于全部是景色描写和环境渲染(形容词太多)可以略过,哪些是主要情节需要重点来读。

但无论怎么准备,有时候还是会有个别的词或场景,讲起来就是差点意思。

举个例子,那天读到福贵输光了家产在想要不要寻死的时候,有一句"那一屁股债又不会和我一起吊死",我这边正琢磨着这个"一屁股"应该是怎么个数量结构,谁知后面紧跟了一句"我娘一屁股坐在了地上"。得,这下热闹了。虽然要解释这俩"屁股"也不算难事,但问题是,我要如何传神地将那种扑面而来的乡土气展现出来……

还好,这个学生的学习习惯很好,也很少缺课。虽然过程磕磕绊绊,但总算啃下了这位法国绅士的第一本中文小说。谁知这位颇有野心的家伙又拎出了第二本,比第一本厚了不止一倍,里面印刷的字体也小了一半,是莫言的《生死疲劳》。正好赶上那年莫言获奖,这位老兄,还挺爱跟风。

也罢,正好让我这个缺少阅读的家伙也跟着长长知识。买了一本来,才翻

到题记,我就傻眼了:

  佛说:生死疲劳,从贪欲起。少欲无为,身心自在。

  这下好了,还得给他讲讲道家的无为……
  我们以极慢的进度一点一点地读着这本书,一直到老兄回国,也才读了前三个轮回,而我到最后也一直不能确定,他是否感受到了莫言老爷子独特的语言风格。虽然我建议他回国以后去买一本法语的,两本对照着读,但我也很怀疑译本是否能做到真实地还原莫言的那种充满了奇幻色彩的诙谐风格。
  不管怎么样,现在想想,幸好当时没答应他读《红楼梦》。
  后来也偶有学生会提出要读鲁迅、老舍的文章,大概是因为我们的五级标准教程里,有两课书提到了这两位。鲁迅先生的文字,我中学时代的语文课就从来没读太明白,至于老舍先生的《茶馆》,咱们来看看这段:

  王利发:二位,二位!您放心,准保没错儿!
  宋恩子:不看,拿不到人,谁给我们津贴呢?
  吴祥子:王掌柜不愿意咱们看,王掌柜必会给咱们想办法!咱们得给王掌柜留个面子!对吧?王掌柜!
  王利发:我……
  宋恩子:我出个不很高明的主意:干脆来个包月,每月一号,按阳历算,你把那点……
  吴祥子:那点意思!
  宋恩子:对,那点意思送到,你省事,我们也省事!
  王利发:那点意思得多少呢?

外交官 学汉语的故事

吴祥子：多年的交情，你看着办！你聪明，还能把那点意思闹成不好意思吗？

这几处的"意思"，就得把人绕进去。再说，还是先把普通话学好，咱再来聊北京话吧。

除了语言风格的不可翻译之外，再有就是诗歌、谚语、歇后语等这一类承载了传统文化的语言格式了。虽然把句子的意思用自己的话解释出来，也能让学生明白这些文字在说什么，可是，"如花美眷，似水流年""良辰美景奈何天，赏心乐事谁家院"这样的对仗和韵律感，外国人能感受得到吗？再或者，"此情可待成追忆，只是当时已惘然"的那种淡然的神伤，他们又能体会吗？

在遇到一个成语或是诗句时，或者想要把自己一肚子的感受讲给学生听时，时常会觉得词不达意，无法用语言恰到好处地表达内心的想法或感受。这就好像自己听到了一段美妙的旋律，或是经历了什么好笑的场景，想要转达给别人时，却怎么都说不清，恨不能让对方可以从我急切的眼神中接收到我内心的感受……

这个时候，我总觉得自己汉语、外语都学得不到家。（这个"不到家"，如果是英语或法语，又该如何表达？）

于是渐渐地，我也就不再执着于翻译。因为有的东西，比如意境、韵味，都不能准确地转换过来，反而是那种只可意会不可言传的默契感更叫人着迷。

同时也常常会在心里暗自庆幸自己是中国人，可以不太费劲儿地就读懂纳兰容若、李煜、曹雪芹、梁文道、林清玄等。在教汉语时，我也常常会想，如果我是个学汉语的外国人，我能学好这门语言吗？大部分外国学生的发音都不是很好，比如法国学生总发不好 eng 和 ri，我也会想，他们在学校外边说着我教的汉语，能顺利地跟中国人沟通吗？

虽然翻译从某种程度上来讲，是"不可能的"。但是通过教学，把汉语及汉文化特有的韵味，通过一句句简单的"你好，吃了吗？"或是"车到山前必有路"传递给学生们，让他们在北京生活的或长或短的一段人生经历中，更好地融入我们的社会，更好地与人交流，创造一段深刻而又难以忘怀的记忆，这还是可能的吧。

如今，每当我踏着熟悉的三里屯路去学校上课的时候，经过语言文化中心主楼门口时，就会看到右侧墙上挂的那副字："交满四海，乐道人善，胸罗万卷，不矜其才"。

慢慢地，我就会开始想，这，也可以作为我的人生追求嘛。

"苦大仇深"的中餐

很多学生来到北京，还没安顿停当，就已经先学会了几个汉语词，除了"你好""谢谢""买单"，再有就是"发票""淘宝""快递"。他们虽然永远适应不了饭局上的"干杯"，但是他们知道北京最好的季节是秋天，还会趁着秋高气爽骑着自行车出门逛北京，要不就是早上上班出了地铁再打个"蹦蹦"，然后用蹩脚的发音给司机指路："左拐""右拐""直走""停，到了"。

真是令人不得不佩服外国人极强的适应及融入能力。

但是甭管适应能力再怎么强，到了"吃"面前，他们还得再多掂量几分。

事实上，每每给零起点的学生讲到第四课"在饭馆吃饭"，问起"你吃过中餐吗"或是"你爱吃中餐吗"，往往得到的都是肯定的答复。那种一心惦念着家乡的"炸鱼薯条"，完全无法接受中餐的五花八门、杂乱无章的人实在是少数。

之前也遇到过一些外国人，来中国前就敢说自己爱中餐。这些人基本可

外交官 学汉语的故事

以分为两类：一类人吃惯了美剧里常出现的盒装外卖，这些中餐外卖基本上以改良版的"炒面""古老肉""糖醋里脊"为主；还有一类外国人常常将吃中餐视为上档次的体现，过生日请朋友会去那种装修得非常精致（fancy）的馆子，桌子上还要摆上蜡烛、花瓶，再配个桃红葡萄酒……往往这些外国学生一到北京就傻了眼了，握着一大厚本印得花花绿绿的菜单完全不知道该点些什么。他们这才发现中餐远不是他们在自己家乡华人区中餐馆吃到的那个样子。

其实，我个人觉得国外的有些中餐馆还是很好吃的，如果你把它当西餐来吃的话。比如我2014年和朋友巧遇伦敦，晚上一时兴起跑去吃中餐，那晚吃到的海鲜小火锅，酸酸甜甜的，像是某种日式牛肉火锅和泰式甜辣虾的组合，还有炒米粉，在国内就完全没有可能吃到。

所以，地道的中餐，和国外唐人街里的中餐，根本就是两个概念。

不过呢，也有不少人，是来了中国之后爱上中餐的，但你一问到爱吃什么，回答不外乎：烤鸭、饺子、包子，大部分人对中国人家里吃的家常菜没什么概念，不知道的还以为中国人天天吃烤鸭呢。家里有雇阿姨的夫人们好歹还知道"西红柿鸡蛋汤"，但出门下馆子点菜也就只知道"宫保鸡丁"和"这个"——指着菜单上的图片一通乱点。这自然是要冒极大风险的，在对一道菜毫无概念的情况下就点，结果很可能是辣的，或味道奇怪得根本吃不下的，再不然就是觉得还挺好吃，开开心心地吃完了，才发现自己吃了一肚子鸭肝、猪心、羊蹄、猪尾巴这些听上去很可疑的食材。

虽然有很大一部分学生是完全不吃辣的，几乎一听这个词就挤眼睛摇手，有多远躲多远（真想知道他们第一次吃辣时到底点了什么鬼东西），但喜欢尝试新鲜事物、对"辣"抱有好奇心并最终接纳的也是大有人在的。比如有个法国学生就很爱吃烤鱼，还特别爱吃配料里面的蒜。

有一次，一个德国学生一上课就风风火火地问我，"不要太辣的"用汉语怎么说。

在学完这句汉语之后，德国小伙子很兴奋地跟我说："我家门口有一家饭馆，特别好吃，可就是太辣了，每次都吃得我眼泪直流，我一直想问你怎么说少一些辣的，总是忘，今天总算记得了，待会儿下了课我就去吃，顺便试试新学的这句汉语。"

这我就好奇了，于是多嘴问了一句："你这是要吃什么呀？"

"我也不知道那道菜叫什么，就是很多蔬菜和豆腐，串在一根根的竹签子上，放在汤里煮，然后捞起来，加上一种神秘的酱料，就可以吃了！"小伙子两眼直放光，看起来真的是爱吃这个不知名的东西。

不过，等一下，很多蔬菜和豆腐，穿在竹签子上？这位仁兄说的不是麻辣烫吗？！我把这几个字写在黑板上让他看，他的眼睛睁得更大了，忙不迭地点头说饭馆招牌上确实有长成这个样子的几个汉字（他当时还没有学汉字）。

得，敢情您那神秘酱料就是麻酱加蒜汁啊！

您吃麻辣烫，还不要太辣的！我很怀疑我教了这句话他也还是得吃得"眼泪直流"。至于麻辣烫里面涮的那些稀奇古怪的东西，我就不打算细解释了，免得生生毁了他的爱。

再有就是学生常常会问我一些外国的水果蔬菜用汉语怎么说。这一般都是在家烧菜做饭的夫人们，常常要去市场自己采购。但是一种食物或口味的名字，经常会被翻译成各种版本，比如：吞拿鱼、金枪鱼、百香果、西番莲、牛油果、鳄梨、黄油、白脱……我总是想把几种翻译方法都讲给她们，好让她们无论遇上哪个都能听懂看懂。可是她们往往一个也很难记住，到了还是得怀着满满的思乡情，满市场去找自己熟悉的那种奇异食材。好在这年头，中国也在与时俱进，使馆区的市场商贩们通常也能来两句外语应付一下了。

不过，我的学生们对于过年过节该吃点什么倒还都挺清楚：从年三十儿的饺子、元宵节的元宵、端午的粽子、中秋的月饼到过生日的面条。饺子、粽子和面条的口碑是不错的,但是很少会听到有人说元宵和月饼好吃。在他们看来,中国的甜品跟西方的 dessert 也不是一个概念。在很多外国人看来,你们中国人虽然号称"什么都吃"(学到"松鼠鳜鱼"这道菜名的时候,常有人误会,你们怎么连松鼠这么可爱的小动物都吃?!),但居然没有像样的甜点!这时候我就会推荐他们去尝尝中华老字号"稻香村"的各色小点,后来居然也就有人吃着抹茶酥、喜莲酥配茶来当早餐的。

虽然和法国的马卡龙比起来,老婆饼可能确实不能算什么特别了不起的甜点,但点心于我们中国人,重要的是在那"点点的心意",以这样一点点的"甜"作为美好的象征,作为馈送亲友之选。

有了这样的情谊,生活也就足够甜蜜了,那是吃多少个马卡龙也不能及的。

三尺讲台

>>> 陈臣

作者介绍： 陈臣，女，2004年毕业于北京外国语大学日语系，自毕业之日起至今，一直在北京外交人员语言文化中心任教。

作者感言： "不忘初心，方得始终"是我最喜欢的一句话。说到"初心"，应该是"桥梁"吧，把自己当成一座桥，让更多的外国朋友了解中国，并且爱上这片我深深爱着的土地，以及这片土地所承载着的五千年的文明。于是，凭着这一腔热忱，除了中文、日语和蹩脚的英语之外，啥都懵懵懂懂的我，开始了对外汉语教学的学习和实践。平时点点滴滴的积累，让自己的教学慢慢成熟了起来。我一直都认为，对外汉语不能仅限于汉字、词汇、拼音、语法，更重要的

陈臣老师近照

是中国文化的传播。所以，在我心目中，一个合格的对外汉语教师，除了普通话、媒介语、语言常识等要合格之外，更要能够把中国文化中的某几样，至少是某一样，深入浅出地为学生讲出来。遗憾的是，我还远远达不到。对外汉语教师，是一个需要不断学习、不断丰富自己的职业，而这也正是这个职业的乐

外交官　学汉语的故事

陈臣老师的书法习作

趣所在,"活到老,学到老"。无论学什么,都能让自己的课堂更丰富,都能时时刻刻给自己和学生们惊喜。就如当初的窄窄的独木桥,正在慢慢拓宽,慢慢变平坦,呈现给桥上的人的风景也日益丰富多彩,如此,只是想一想便已经非常激动了,不是吗?

自2004年大学毕业至今,我已经站在这三尺讲台上,教了12年汉语了。这12年里教过的学生,有成人也有孩子,算一算,真有不少呢。

石教授

说起来,石教授是我教过的学生当中,跟我学习时间最短的,只有两个礼拜。他也是我的学生们中学问最大的一位了。

石教授是研究中国近代文学的,他研究的对象是老舍爷爷。据石教授本人说,他看过话剧《茶馆》的现场版不下十次。而那次他来中国,也是冲着《茶馆》来的，并且已经买了三个晚上的票。石教授已经对《茶馆》的舞台安排、演员的动作和台词烂熟于心，并对几个版本的《茶馆》都有着自己独特的见解。

石教授不但学识渊博，而且为人十分谦逊。给我印象最深的是他做笔记的样子。无论上课，还是课间闲聊，只要我的话里有他听不懂的词语，或者是他感兴趣的话题，他都会拿出他的小笔记本，认认真真地记录一番。他回国前夕，应邀来我家里喝茶。关于茶，我们聊了很多，包括茶的种类、特征、沏茶的礼仪，还有"禅茶一味"，而他一直在低头努力地记着，生怕漏掉一个字。

他是为了新《茶馆》中冯远征饰演的松二爷的某句话的语气和老版不一样，就纠结了很久的石教授；是为了一个从未听说过的新奇词语而欣喜并认真记录的石教授。他治学严谨的态度和旺盛的求知欲深深打动了我，更让我明白了我的祖国、我的母语的真正魅力所在，而我的工作就是让更多外国人知道、懂得并爱上我的祖国、我的母语。

小　廉

日本侵华这段历史，不是每个日本人都能正视的。

小廉在日本时是一个法官，他大学的时候曾经学过中文。我教他的时候，他刚被派到中国，是使馆的秘书。我们的课是每周一、三、五早晨8点到9点。

因为他以前学过中文，所以，我讲课的时候很少用日语。而且，除了教科书上的内容，基本上每次上课，我都会念一小段报纸，作为听力练习。小廉上课非常认真，把没听懂的词语都一一记录，而且每次上课都会给我看一段他用中文写的日记。

那时候，我讲课的风格也基本定型了。除了必要的生词和语法，我还喜欢多给学生讲一些相关词语，而最喜欢的是说一些关于中国文化和历史方面的知识。小廉也喜欢听这些，并且会用中文问我一些问题或者做相关的探讨。

记得那天谈到了鸦片战争，之后又谈到了中法、甲午、八国联军。我刚想把话题拉回到课文里的时候，小廉突然诚恳地说，日本侵华战争是日本的不对，杀了那么多人，做了那么多残忍的事情，作为日本人，应该向中国道歉。

说实话，我惊呆了。我的众多学生中，也有人在我提到日本侵华战争时有过类似表态的。但是，小廉是第一个主动提及，并主动道歉的日本人。

之后，我们成了好朋友。在他回国前，他和他夫人应邀来到我家，我也拿出了压箱底的好茶，我们一起聊天品茶。真的是"有朋自远方来，不亦乐乎"。

春姐姐

至今让我念念不忘的，还是我第一个学生，在这里，就叫她春姐姐吧。

春姐姐是个善良温柔的日本女人。我第一次上单人课时的紧张局促，便是在她的微笑中化解的。当然，那节课讲的是拼音，"a、o、e"的嘴形与发音也让春姐姐相当尴尬，中文的发音跟日本人平时说话的习惯嘴形完全不一样。记得那次课下来我俩都是满头大汗。

之后的课，我们渐渐熟悉了。春姐姐上课特别认真，虽然发音依旧是她最头疼的地方，尤其是"r"的发音，但是这根本阻碍不了她对中国的喜爱。应她的要求，每节课我都会根据课文内容延伸出许多词语，而她则每次都跟我反馈：某个词语在买东西时用上了，或者在打车的时候跟司机说了我教的某句话，司机听懂了，并夸她中文好……话语中，欣喜之情溢于言表。于是，延伸的内容越来越多，以至于后来变成了跑题。讲"问路"的时候，我会给她讲北京的名胜古迹，从故宫、景山、北海到颐和园、圆明园，从而延伸到北京的历史，乃至简单的中国历史，春姐姐则认真地做着笔记，然后告诉我，她已经去过什么地方，遇到了什么有意思的事情。

让我俩最"情投意合"的课文是《在饭店》。我是个标准的吃货，而春姐姐对吃也格外感兴趣。于是，讲这一课的时候，我们从菜名说到菜系，再说到煎炒烹炸，谈得馋涎欲滴，不亦乐乎。春姐姐告诉我，麻婆豆腐在日本也相当受欢迎，她在日本经常吃，可是来中国后第一次吃麻婆豆腐的时候却把她辣得够呛，她告诉我，日本的麻婆豆腐是甜的，味道跟中国的完全不一样，以至于到现在，有时候我还会琢磨，甜的麻婆豆腐到底是个什么滋味儿。

那阵子川菜在京城可谓是大行其道，尤其是水煮鱼，惹得各路老饕流连忘返。于是，春姐姐决定去挑战一次。那天中午下课后，我俩迅速转战到学校附近的一处以水煮鱼闻名的饭店，点菜的工作交给了春姐姐，至于菜名和如何点菜，上课时我们已经演练过很多次了，虽然春姐姐的发音还是有些问题，但是总体来说菜点得比较顺利。可是一大盆水煮鱼，把我们辣得鼻涕眼泪不停地流，我俩边吃边聊边笑，非常开心。之后，春姐姐迷上了中国菜，每次上课，我们都会就"吃"这个话题讨论半天。

记得参加工作的第一年，课很多，周一到周五都安排得满满的。而我又不太会用嗓子，所以，那年冬天，我生病了，嗓子疼得半个字也说不出来。于是我只能给春姐姐发短信请假。过了一周左右，勉强能说话的时候，我们又开始上课。记得那天，春姐姐看到我，关切地问我嗓子好了没有。我沙哑地回答了句"好得差不多了"。话音还没落，春姐姐眼圈儿就红了，紧接着眼泪掉下来了，说听到我嗓子说话的声音，实在太心疼了。我顿时感动得手足无措，赶紧表示，自己已经没什么大问题了，春姐姐这才控制住了情绪，擦干了眼泪，开始上课。这是我职业生涯中第一次被学生感动。第一次感受到，原来我们真的

外交官 学汉语的故事

可以不仅仅是老师与学生。

再后来，春姐姐的丈夫在中国的任期结束，他们夫妇一同回到了日本。而得知我要结婚的消息后，春姐姐特意从日本赶过来，参加了我的婚礼。婚礼上，她又哭了，拉着我的手，就像拉着自己妹妹的手一样，她边哭边说："老师，您一定要幸福。"

能在刚工作时就碰到春姐姐这样的学生，这就是一种幸福。

三尺讲台，方寸之地，
我用你们的语言，
讲述——
我们的语言有多么美丽。
从拼音讲起，
然后是语法、造句、古文、成语……
不知不觉，
你已经可以用我们的语言，
自由地谈天说地。

三尺讲台，方寸之地，
我用你们的语言，
讲述——
我们的国家有多么美丽。
从文化讲起，
然后是风土人情，名胜古迹……
不知不觉，

竟在这小小的教室里，
走遍了整个中华大地。

三尺讲台，方寸之地，
这次换你，
用我们的语言，
讲述——
你的国家有多么美丽。
你讲得流畅，
我听得入迷……
不知不觉，
我们的心越走越近，
我们不仅是师生，
更成为了知己。

法尔夫妇

>>> 林振宗

作者介绍： 林振宗，男，1957年毕业于外交学院国际关系史专业，大学学生时代即被打成"右派"，在农村生活多年，在干校下属中学教授数学和语文课程。1980年回到北京，在北京外交人员语言文化中心从事对驻京外交官的汉语与文化的教学工作，直至退休。工作期间曾被外交部借调赴新西兰大使馆任领事部主任三年。

作者感言： 岁月蹉跎，光阴苦短；学海无涯，奋力行舟。教了一辈子书，感触最深的一句话还是"教学相长"。世纪之交曾有幸担任过李国璋先生的汉语及文化课教学，这段经历使我对这句老生常谈感触更为深刻。李先生是享誉中外的外科医生，时任香港中文大学校长，说实话，古文基础不比我差。但李先生的谦虚好学、严谨细腻让我印象非常深刻。这让我明白：一个真正求知求实的学者，是没有什么牢骚可发的，无论什么社会现实、文化现象，放到历史的人文的大河中，都可以研磨成色彩斑斓的文化卵石，解读出深奥的内涵。

法尔夫妇回国快一年了，我很想念他们。

去年夏天一个清晨，在友谊商店门口，我碰见了英国友人法尔（Michael Farr）和他的夫人。当时我刚从国外回来，有七八年没见到他们了。久别重逢，彼此都很高兴。法尔告诉我，他于两年前重来北京，再次担任英国驻华海军武官。寒暄了一阵子后，我才发现，法尔夫人手中还推着辆童车，上边坐一个黑发黄肤的女孩。法尔随即用中文向我介绍："我家老四。"

这是怎么回事？法尔的女儿安娜、儿子托尼我都认识。他们长得跟眼前这对夫妇一样，碧眼金发，白皮肤。而这位"老四"怎么？

法尔瞧出了我的困惑，当即解释："她是我最近在北京收养的。腿有病，走不了路。"接着他又说："我还有个老三是男孩，你没见过。那是在香港收养的。"真有意思，一个英国人竟收养了两个中国小孩。

分手前，法尔夫妇盛情邀请我到他们寓所做客。法尔本届任期已满，不久即将从海军退役，他们下月返回伦敦。我答应他们一有空即登门拜访。

我和法尔夫妇相识是在1981年。当时我担任他们的汉语教师。法尔待人热情友善，风趣幽默。有一次他陪我进英国领事馆上课，在院子里我们看见一架梯子。法尔说："别从梯子下走，那不吉利。"谁知下一次我再去使馆上课时，装修工竟把梯子竖在法尔办公室门口。要进屋上课就得从梯子下面钻过去。我笑问法尔："怎么办？"法尔愣了一下，然后说："在中国，没关系，钻！"我们大笑着钻进了办公室，至今无恙。

法尔夫人勤学汉语，进步极快。她常随法尔出席我军方宴会。同席的中国夫人都赞扬她。她们说："法尔夫人的中国话一次比一次说得好。"在一年多时间里，她学了一千多个汉字，已能用汉语与人交谈。英国海军司令访华时，法尔夫人陪同司令夫人到各地游览，并给他当翻译。一位总参外事局负责同志很赞赏她的工作，曾开玩笑说："法尔夫人，我任命你为中国人民解放军中校翻译。"

法尔夫人对外是丈夫的好帮手，在家庭内部则相夫教子，像一位贤淑的中国式妇女。为了安慰晚年寂寞的老人们，她每星期四通过北京至伦敦的班机分别给母亲和婆婆寄信，还附上安娜和托尼的讲话录音带。回国休假时，她带着儿女在娘家和婆家各住两个星期，陪伴老人。她的婆婆来过一次北京，常在人前夸赞这位好儿媳。至于持家之勤俭，法尔夫人也不亚于任何会过日子的中国家庭主妇。有一次，我在去上课前发现呢子大衣上有片油迹，现洗已来不及，只好抓上一件旧棉衣蹬车就走。到了法尔家就赶忙解释，生怕人家笑我寒酸。法尔夫人看了一眼我的棉衣，然后说："看它挺不错，暖和。"随后我们在她家客厅上课，课上到一半，托尼从里屋爬了出来（当时他两岁）。法尔夫人一把提起托尼，对我说："瞧！托尼这条裤子是我哥哥给的，他儿子穿过。小孩子长得快，用不着全买新的。"我定睛一看，托尼这条深色裤子，裤料虽是上等的，但显然很旧，膝部已磨白了。这么一来我算是放下心了。皇家海军中校的公子还能拣人家旧裤子穿，我穿件旧棉衣又有什么可难为情的呢。

托尼喜欢电视里的孙悟空，他管孙悟空叫"哈哈"，因为孙猴子说话总是先哈哈一声。托尼对"哈哈"百看不厌。他还喜欢吃中国面食。法尔夫人常拿自己的午饭和中国保姆换饺子给儿子吃。法尔一家曾去过一次天坛，有位中国工人见托尼好玩，递给他一个包子。小家伙接过来就吃，吃完了还要。法尔夫人只好把儿子领走，因为她知道那位工人的饭盒里一共只有两个包子。

托尼的姐姐安娜当时不到四岁，非常喜欢中国玩具。她有一打北京产的铁皮小兵，被保姆不慎连同垃圾一起倒掉了，安娜很伤心。法尔想给她补购一套，但商店已无现货。法尔求助于玩具厂，北京玩具厂立即免费寄赠了一打铁皮小兵来。法尔把它们排列在家门口，然后告诉安娜："你的四小兵去伦敦访问，如今已经由中国叔叔叫回来了。"于是父女俩开门，拍手欢迎这支部队渡海归来，场面很动人。现在安娜已十三岁了，会说一口流利的汉语。她得知必须离开北京后，有好多天闷闷不乐。因为她舍不得这儿的一切。

法尔夫妇上次来华时，正值我国改革开放初期，市场供应差，服务态度也有不少问题，许多外交人员及其眷属屡有烦言。但法尔夫妇却从不发牢骚，不挑剔。他们注意以礼待人，和中国同事相处融洽，在中国服务人员中人缘也很好。他们与使团关系也不错。我现在的学生——美国国防武官麦利凯将军说：

"这里的武官们都说法尔先生是很好的人。"

法尔由于在中国工作出色,在卸任前获得了英女王颁发的勋章。如今他们一家已回到英国,法尔带了不少中国工艺品回去。遗憾的是,由于公私杂务缠身,我竟未能在法尔夫妇临行前践约去看望他们。不过,这一家子既然都那么喜欢中餐,喜欢中文,喜欢中国文化。其三分之一的家庭成员的血管中又流着中国人的血液,他们迟早还会再来的,一定会!

我期待着法尔一家第三次来中国。

【编者注:本文写作于 1996 年。】

Hold 住学生

>>> 李瑜

作者介绍： 李瑜，男，1967年毕业于国际关系学院，1972年开始从事对外交人员的汉语教学工作，曾在美国、英国、德国、加拿大、澳大利亚、丹麦、瑞典、挪威、芬兰等多国驻华使馆及国际机构教授汉语。于2004年退休，期间曾有八年多时间在我驻外使领馆工作。

作者感言： 当外交人员的汉语老师，是特殊年代的机缘，是自己从没有想到的，可是一干就干了几十年。 当年的同行金乃逯老师为汉教写了首歌，钢

李老师在上单人课

琴老师白亮亮给谱了曲。歌中有"栉风沐雨"一词，能把"教书"和这个词联系在一起的也只能是我们这些老师了。教书这些年，学生因各种原因三天两头请假是常事，我这个当老师的请假倒是极少的，也大都记不得了，但有一次请假至今还记忆犹新。那还是在70年代，一天下午两点有一节课，但从中午就开始下瓢泼大雨，该去上课了，雨还是一点儿都不见小。骑车到学生家要十几分钟，怎么去呀，我犹豫了半天，决定试试。我穿上入伍当兵时发的雨衣，觉得还挺严实，就骑车冲了出去，可还没骑出几十米，衣服就湿透了，只好用宿舍的公用电话给学生打电话请假了。我倒不是怕大雨，当过兵、下过乡，还怕雨淋吗？可是真不想让外国学生看见老师变成落汤鸡的样子。当然也不是一下雨就不去上课了，能去还去，下雨请假就那么一次。我常常是在书包里放一双干净鞋，到学生那里，把干净鞋换上，把雨伞或雨衣和湿鞋放在外面，再敲学生家的门。那时候教书常常就是这么风里来雨里去的。这还只是一方面，还有另一方面。当了几十年外交人员的汉语老师，这个老师好当吗？应当说既好当也不好当。说好当，学生学"你好""谢谢""再见"，这没人教不了吧。要说难当，有的学生要是学十三经、廿四史、诸子百家什么的，或是一些杂七杂八的东西，再或是从古玩市场淘换一件古董，甭管真品赝品，上边真草隶篆，甚或甲骨金文，让您给认认字、断断代，这就有点难为老师了。所以说当外交人员的汉语老师，门槛不高，但上不封顶。我刚当这个老师的时候，就是"你好，谢谢，再见"的水平，当然还能用英文教。为了当个像样的老师，就得学。有时候学生还逼着你学。有个大使学汉字，差不多每个汉字都要追根寻源，还有位大使夫人学齐白石画里面的印章，所以我每天翻《说文解字》，还买了本《甲骨金文字典》。后来还碰到个机会，给一位教国画的老师当了几个月的翻译，知道了一些画画儿的技巧，但是我自己没怎么练，知道自己不是画画儿的料。虽说我们教的是汉语，但别的各方面的知识也需要积累，因为备不住学生上课会问你点儿什么。当然犄角旮旯的知识答不出来情有可原,谁也不是百度百科,可是知识富裕点儿总比说不知道有面子。所以有的老师提出要当好这个老师,就得做"杂家"。但做"杂家"也不易,我也努力想"杂"点儿,但哪样儿都与成"家"差十万八千里,这大小也是个遗憾吧。退休了,有了新的关注点,《说文解字》都不知放哪儿了。想当初学这学那,还真是学生逼的。作为一个教书匠,教书是自己的工作,为了把领导交给我的教学工作做好,我努力了。

再聊汉教

20多年前,外交人员汉语文化中心的前身——汉教(当时叫汉语教员组、汉语教研室还是汉语教学中心,记不起来了)搞了次征文,本人的《闲聊汉教》还荣获了一小奖。本人此生获奖不多,因此这个奖还记得,奖品是个小镜框。那时我们还没有教学楼,大家都是栉风沐雨,骑车绕世界跑,去老外的办公室或家里给人家上课。可是我们那时翘首盼望的,即现在正在使用的这个教学大楼,很快将竣工了,所以大家对汉教的未来信心十足,充满了期待。随着大楼的落成,我们迎来了汉教若干年在对外汉语教学界的风光时期。世异时移,今年我们在丽都附近又要建新的教学大楼了,恰巧我们又要搞一次征文,估摸着我们的事业又要上一个大台阶了。我的心里非常高兴,虽说这外交人员汉语教学事业现在是年轻一辈人的事了,但我们这些当年的老汉教也期盼她能够再度辉煌。

想当初来汉教时我还是个小伙子,一不留神,小伙子成老头子了,退休都十来年了。我的记性越来越不济,忘性是越来越强了,眼前的事常想不起来,多年前的一些往事在脑瓜子里倒还没全忘。现在就拿出几件来跟大家聊聊。

我在20世纪70年代末80年代初教过一个北欧某国驻华大使,他在华任职八年，学了八年汉语，我也当了他八年的汉语老师。期间该国外交部曾计划委派他去另一国家任大使，他觉得去一个新国家，一切要重新开始，这么大岁数了，算了吧，结果就在中国一直干了八年。在离任招待会上，他说这八年是移植到了中国，现在又得连根拔起来了。当时听了他这话，我颇受感动，所以过了几十年还记得。我想他还是很留恋这儿的吧。他每周有两节汉语课，很认真，自始至终一个劲儿，尽管八年里他两本书都没学完。他曾经在第一本书学完后，开始学第二本，发现难了点儿，又回到第一本学了一阵儿才正式进入第二本。他也学汉字，还买了一本汉英字典，遇到一个新的汉字，就在字典中找到这个字，并用笔画个圈，后来几乎字典每页都有他画的圈，但真正记住了几个，那就另说了。他是大使，时常要在一些场合致辞，他有时让我把他的讲话稿翻译成汉语，再注上汉语拼音，然后他就去用汉语致辞了。有一次他把致辞录了音，放给我听，我听着听着，觉得怎么对不上茬了，原来老先生眼神不济，念串行了。这位大使先生要是还健在，已是期颐之年了。几十年里，我教过很多学生，有些早就淡忘了，但我不会忘记他。我不会忘记他对中国的那份留恋，也很佩服他那么大岁数还要开始学一门新语言的执着劲儿。

80年代初的几年，我在某西方大国驻华使馆教过几个外交官，他们汉语水平都挺高，上课就是看报纸。这课不用备，也没法备，学生临时拿出哪张报纸就学哪张。有时候给我复印一份，有时两人看一张，他正着看，我坐他对面倒着看，这培养了我能倒着看书的本事，现在这本事用不着了，别说倒着看，老眼昏花，我现在正着看都看不清了。他们学的方法是自己读、自己看，遇到不认识的字、词就问我，一般给他们一个对应的英文词就行了。我实际上就是给他们当字典使，给他们省点儿查字典的时间。好在他们学的大都是时事类文章，我英文还对付得了，要是老遇上什么"闷灯儿蜜""噶咋子琉璃球""老太太吃柿子——嘬瘪子"之类，我就真嘬瘪子了。

外交官 学汉语的故事

某北欧使馆的一个参赞,是搞技术的,没一点儿外交官的派头,人挺随和。他是我教过的学生中唯一不用任何教材学汉语的学生。我们上课就是聊天,他问我这个怎么说,那个怎么说,我告诉他,他用笔记下来,课后他在电脑上整理一下,下一次让我看看有没有记错了的。他什么词儿都问,什么词都学,我还记得有什么"插头""插座""白水泥""废水处理设备"之类在大多数汉语教材中不会出现的而与他工作相关的词汇。作为初学者,他说中文一点也不犯怵,在日常生活中遇到认识不认识的中国人都说中文。慢慢地我们在课上用外语的次数越来越少了,短短几个月,这个零起点的学生就基本上可以用中文交流了。我至今闭上眼睛脑子里就有一个画面,是他在想一句话怎么用中文说的时候,靠在沙发上,闭着眼睛,用两手的拇指和食指捻自己眉毛的样子。一次他吃完饭从饭馆出来,发现自行车胎被扎了,上课时他想告诉我,一时不知怎么说,捻了半天眉毛,最后说:"我的自行车小孔了。"

某国一个外交官,也算是高级外交官了,有一定的汉语水平,还认识汉字,只不过有时候张二麻子王二麻子分不清,把"一般"念成"一船"、"也"念成"他"、"另"念成"男"是常有的事。作为老师当然得给他纠正,可是纠正他,他就不耐烦,不高兴,让人难理解的是他还老要求增加课时。不理解归不理解,可是人家学费照交,两国关系也不错,我还是高高兴兴地给他上课去。

故事还很多,不多说了,这么多年过去,这些都成了有趣的回忆。我的学生中,有的学了两年,用中文问个好都说不利落;有的每周就两节课,还经常出差、回国休假,可两年下来,基本能看《人民日报》了。用范伟的话说,"差距咋就那么大呢"!这是老师的问题,还是学生的问题?其实在咱这儿,这根本就不是问题。教书教了一些年后,我也常琢磨对外交人员的汉语教学这档子事。不知道前边提到的一些学生的情况,在其他教外国留学生汉语的大学里是不是也有？

　　作为外交人员的汉语老师，什么是好老师？有什么具体标准吗？真没听说过。倒是听过老师"教不住""没教住"学生的说法。我前边说过一个大使我教了八年。有的学生，回国几年后又回来了，升了官，我还接着教他。当然也有教了几天，人家就把我这个老师辞了的经历。其实"教"这词儿在这儿并不十分恰当，人们常说老师这个职业要有丰富的知识储备，给学生一瓢水，老师得有一桶水。如果仅从汉语教学的角度，我们哪个老师的能力都绰绰有余。但在这儿当老师光凭这"教"的本事还真不够，还得变着法儿让他们在这儿待一天，就得认你当他老师，上课，交学费。这就不光是"教"了。要是不说"教住"，说"什么住"呢？还真想不起什么中文词恰当。眼下不是时兴用洋文吗，我觉得"hold 住"倒挺合适。我们老师大都不会因学生没学好汉语有什么压力，因为往往这还真不是老师的原因，但要是老"hold 不住"学生，倒多少会感觉不自在的。

　　我曾写过一篇探讨对外交人员汉语教学的性质的论文，也曾携该文参加过一个研讨会，开始好几个人一起讨论过，后来由我执笔，与李克谦老师共同署名，内容记不太清了，但是想把论文写得学术性强一些、把我们对外交人员的汉语教学写得更高大上一些、尽量和某种洋理论挂上钩的心情还记得，但终究不能不提"服务"二字。2009 年杨洁篪外长，现在的国务委员，为北京外交人员服务局题词："配合外交，服务使团，增进友谊，展示风貌"。一看这题词，真如醍醐灌顶。可不是嘛，我们是服务局的职工，"服务"是我们的本分，汉语教师就是通过教汉语来服务。所以说为了配合我们的外交事业，我们不仅得不断提高自己的汉语教学水平，提高外语水平，也还得充实各方面的知识，什么诸子百家、琴棋书画、三教九流、易经八卦，学吧。也别忘了还得因材施教、善解人意。愿我们年轻老师各个身怀绝技、各显神通，把来的学生都

外交官 学汉语的故事

"hold 住",展现出我们北京外交人员语言文化中心"五千年文化上下求索,七大洲学子少长咸集"的风貌。

闲聊汉教

汉教中心最初叫教员组,也有人叫教员班。当然了,教员组成立以前,也有人干这行。要是往前算,备不住在大清年间就有人吃这碗饭了。后来,教员组改成教研组,教研组又改叫教研室,最后升格为汉教中心了。名字听起来是越来越响亮了,可是让人觉着不大是味儿的,连块招牌都没有,更甭说有个像模像样的、能配得上中心这个牌子的教学楼了。家倒没少搬,少说也有五六回了。可是现如今乌央乌央百十号人的汉教开个会,坐在楼道里的人比屋里的还多。害得领导们不得不把声音提高八度,时不时还得维持一下秩序。您说,要是有一间盛得下二百人的礼堂,开会时哪位要是还非坐楼道里,神经怕是不大正常了,得考虑他当教师的资格了。

不过,上面说的这些眼看就要成历史了。盼了这么多年的汉教中心大楼眼瞅着拔地而起,一天天有了模样,让人打心眼里高兴。教师节前郊游碓臼峪时,王副局长拍胸脯打包票,说汉教中心明年一定能搬进新楼。局长还发了话,让大家伙都学学电脑,将来搞个研究、编个教材,电脑一开,连纸都省了,那是什么效率,什么劲头儿!这真是今非昔比,一下子鸟枪换炮了。您问问汉教那些前辈,倒退 20 年,谁想得到教员组今天能这么抖起来。

可话说回来,中心大楼再漂亮,设备再先进,老师们也还免不了得两条腿、俩轮子,顶风冒雨在各个使馆穿梭。那您又高哪门子兴呢?咱高兴是因为咱们的对外汉语教学事业有了新面貌。搬进新楼,咱们的业务还不得大发展吗,咱们跑点儿腿儿又算什么呢。更重要的是咱们能看出局领导们是真把汉教当回事了。虽然咱们"栉风沐雨，斗雪傲霜"，出这个使馆进那个使馆教书所创的那点经济效益对服务局来说不过是九牛一毛，可是领导们能理解咱们对外汉语教学这个行当不简单，弘扬中华文化，咱们是重任在肩。

想当初那阵儿，人们常说："教汉语，不是会说中国话的都能教吗？"好像除了痴、傻、呆、茶，会说中国话的都能当这个教书匠似的。您还别不信。当初分配我去教员组时，领导跟我说："先去教员组干着，过几个月等有机会再上使馆（当中秘）。"挺向着我的吧。我估摸这几年领导大概不会给新来的人这么训话了。服务局普通群众又是怎么看咱们的呢？我认得一位厨师，上课时，他给我上过茶。后来有一回我们碰上聊了几句天，他问我："现在在哪儿上班呢？"我说："还在教员组呢。"他有点儿惊讶，说："呦，怎么还没上去呢！"您听见没有，合着在使馆教书在人家眼里整个就是待业、候职。我本想跟他讲讲对外汉语教学的伟大意义，终于没好意思开口，怕人家笑话咱"揪着小辫儿上房——自个儿抬自个儿"。

外人怎么看咱们这个行当是人家的事，咱自个儿不能看不起自个儿。不瞒您说，我现在还挺喜欢当这个教书匠，也热爱咱这个集体。要不怎么一下子就干了小 20 年呢。其实，没哪位老师把咱这份工作看轻了的，咱不还沾着"外事"俩字吗。就冲这个，您能吊儿郎当的吗？怎么着也不能在老外面前给中国人丢份儿不是。再说了，书您教好了，打老外那儿，就把您恭敬起来了。要不然，咱虞启龙老师能让人家多次邀请，去了西洋讲学又去东洋讲学。说了归齐，还是得自己长能耐、长学问，肚子里有东西，才能在老外面前戳得住，真有老师的范儿。现在头头们抓教研、抓教材，一套套的书发给大家学习。说真格的，要想当个好教师，在对外汉语教学上创出一番天地，还就得这么办。

教了这么些年书，虽是汉教中心的一个普通教员，但是汉教的荣辱盛衰是放在心上的。前阵子，我被外交部借调在中国驻外使馆工作了两年多，身在外，

外交官 学汉语的故事

可心里还惦记着汉教，觉得还是当教书匠更对自己的路。汉教这些年搞得不错，挺火。论文上了学术刊物，几本教材也有了眉目，时不时还上上电视，真小有了一些名气，连研究生们也奔这儿来求职。小青年一波波儿地来，汉教显得更有精气神。我这个当年的小青年也进入了中老年的队伍。眼下，汉教的力气活用不着咱们挺身而出了，眼瞅着"子曰"足球队（当时的汉教中心参加服务局职工足球比赛时组织的足球队）让人家一通儿猛灌，吾辈也只有站脚助威的份儿。可是离领退休金还差一阵子呢，没别的说的，还接茬效力汉教，谁让咱有教书的瘾呢。再说，青春都献给汉教了，这后半辈子也没什么舍不得的了。

【编者注：此文写于20年前。当时北京外交人员语言文化中心的前身"汉教中心"组织了一次征文，主题就是"外交人员汉语教学中的人和事"，李瑜老师的这篇文章得了一等奖。在使馆和外企的汉语教学还是"归口管理"的垄断时期，语言文化中心是全国仅次于北京语言大学（当时叫北京语言学院）的第二大对外汉语教学单位，教师人数一度达到了六七十人之众。他们骑着自行车，穿梭在使馆区的林荫小道上，一会儿就换一个"国家"，一天要"出"好几次国，虽然艰苦，但精气神杠杠的。】

活到老，教到老，学到老

>>> 王润弟

作者介绍： 王润弟，男，1983年毕业于北京外国语大学法语系。1986年开始从事对外汉语教学工作，至今已经20多年（另有10年曾在我国驻外使馆工作）。

作者感言： 这些年来，我在对外汉语教学中的收获是通过汉语教学让很多外国学生（其中大部分是外交官和他们的家属）了解了不少的中国文化和风土人情，中国悠久的历史和灿烂的文化常常令外国人感到吃惊和由衷的敬佩。另外，通过与外国学生的交谈，他们也了解了我们国家改革开放几十年来所取得的巨大成就。我这些年来最大的遗憾是没能培养出像加拿大人大山和法国人居里安那样高水平的学生。我教过的最让我得意的学生是目前法国施耐德公司的总裁赵国华先生，我是他的第一位中文老师，在下文中，大家可通过我写的关于他的文章了解他的风采。我信奉的人生格言是"活到

阿尔及利亚驻华大使在学习中文

老,学到老",所以我每天都读一些东西,如报刊和文学作品,以不断提高自己的文化水平并扩大自己的知识面。

赵国华先生

赵国华先生现在是法国施耐德电器公司的总裁,他管理着该公司在全世界的两万多名员工,也肩负着该公司在全世界的业务发展。施耐德公司是专门从事研发制造和销售低压电器的高新技术企业。说起施耐德,很多中国人没有概念,但我要提起一个人名——邓希贤,肯定不少人都知道。不错,施耐德公司就是我们的世纪伟人邓小平当年在法国打工的地方。管理这么一家百年老店,赵国华在法国自然是个家喻户晓的人物,在中国工商贸易界也很有名。在几届中国领导人访问法国的时候,他都曾经负责部分接待和陪同。法国政府之所以让他参加接待中国领导人,是因为他是法国著名企业的总裁,另外,就是他的中文说得好。但他的中文跟我有什么关系呢,听我慢慢道来:

我是1993年认识赵国华先生的,我是他的第一任中文老师。他姓Tricoire,但不知是哪位高人,根据他的法国姓氏的发音,给他起了这么个中国人的名字。他大约有1.76米的身高,说话声音低沉,不苟言笑。因那时可供我们选择的教材并不多,所以我就用我们语言文化中心的小绿皮《初级汉语教材》教他。他聪明好学,而且非常努力,每次我去给他讲课,他都做大量的笔记,当然是用汉语拼音记。不懂的地方,他会问得很仔细,力求弄懂每个词、每句话、每个语法点。我每次去他家,他基本上很少和我聊天,他的目的明确,就是要尽快能和中国人用中文交流。

我在该公司工作的老同学"小八路"(一个女同学的外号,因上学时总是穿着绿色解放军军服、走路精神抖擞而得名）告诉我，他们经常一起出差，推销该公司的产品，赵国华会利用每次出差和与中国人接触的机会说汉语，并告诉她我是怎么教他的，都给他讲了哪些小知识和逸闻趣事。有一次赵国华问她："你知道'亮马河'为什么叫'亮马河'吗？"我的老同学说"不知道"。于是赵国华就给她讲了这条河得名的原因：在过去，北京内城有九个城门，而东直门就是往京城运木材等建筑材料必须经过的城门。那些拉货的马车前一天下午将货物拉到亮马河后，赶车的把式要让马吃草料，到河边喝水晒太阳，故名"晾马河"，但现在，该名称已演变成"亮马河"了。还有一次，施耐德的中国客户请赵国华他们吃中餐，喝的是龙井茶，于是在酒过三巡之后，赵国华问在场的中国人："你们知道龙井茶的来历吗？"他们都说"不知道"，于是他又给他们讲了"龙井茶"与乾隆皇帝的关系：乾隆皇帝下江南，经过杭州时非常口渴，当喝了一碗离西湖边不远的一个地方的茶水时，他甚觉舒爽解渴，赞不绝口，于是那口井，也就变成了"龙井"，而那个地区的茶也就变成"龙井茶"了。每次给别人讲一个这样别人不知道的掌故，他都很得意。这样，他也在与中国人的交流中，拉近了与中国人的距离，时间久了，别人已经完全不把他看成法国人了。我教了他大约一年半左右，后来因我要去我国常驻联合国日内瓦代表团工作，就让别的老师继续教他了。

后来"小八路"告诉我，一次，他们公司的前总裁来北京视察，与在北京的法国员工分别谈话时，那位总裁提了有关在中国开拓业务的问题，赵国华先生的回答给他留下了非常深刻的印象。例如，当时中国南方仿制施耐德产品的公司很多，他们的产品在中国南方占领了相当大的一部分市场，总裁问他怎么办，他说，这不重要，因为施耐德公司的正牌产品本来就不能满足中国市场的需要，如果施耐德公司总是在这方面追究中方在保护知识产权方面的责任，反而可能会造成不好的影响。他的想法得到了总裁的肯定。当然他还回答了一些其他问题，都很令总裁满意，于是这位总裁经过深思熟虑，决定培养他，让他在若干年后成为公司的接班人。为了让他熟悉该公司在全球的业务情况，那位总裁先把他调到了该公司驻南非的分公司任经理，后来又把他调到该公司驻美国分公司任经理，五六年后，又把他召回公司总部。虽然他本人并非毕业于法国名校，但在众多其他有可能问鼎公司总裁位置和毕业于法国名校的同僚中还是脱颖而出，大约七八年后，他终于坐上了该公司总裁的位置。而且其他几位竞争者竟有不服气辞职跳槽的。时至今日，他在总裁的宝座上已经稳稳地干了多年，如果没有能力，他是不会胜任该职位的。因该公司在中国的业务量最大，所以前几年他们将该公司的总部设在了中国香港，他也开始长期在那里坐镇，以方便处理该公司的业务。

　　2003年，在我们国家出现非典疫情时，听说在当时坐镇巴黎施耐德公司总部的赵国华先生的提议下，该公司向我国政府捐赠了几百万元人民币，金额虽然不大，但也体现了该公司对中国人民在遇到巨大困难时的同情与支持，因为他们不会忘记，他们公司的产品在中国的销售量巨大，几十年来赚了很多钱，而且据说他们的产品只能满足中国一半市场的需要，因为中国的市场太大了。

　　应该说，公司的前总裁是慧眼识真人，但另一方面，这也是和赵国华先生努力学习汉语分不开的。在有了一定的汉语基础后，他就开始用中文和中国人交流了，也学会了和中国朋友喝酒，酒喝好了，事情就好办多了。后来，他交了很多中国朋友，有北方的，也有南方的，这样，他获得的信息量与其他不学习汉语的同事相比，肯定是更多且更直接的，他的体会和想法肯定也更具体、更接地气。现在你只要在网上打出"赵国华"三个字，在中国的所有叫赵国华的好像都没有这个法国赵国华有名，因为他总排在第一位，他的近期活动也在不断被更新报道着。他后来与他的法国女友结了婚，并且生了三个孩子。

机会青睐有准备、有心和有能力的人。假如他当初不是那么努力学习汉语，没有对中国人深入的了解和对中国市场的第一手材料，他就不可能提出有价值的意见，也不会被他的前总裁发现，也不可能会有今天的成绩。我为他的成绩感到高兴，也希望他继续提高汉语水平，继续为两国人民的友谊和交流做出贡献。

外国人也孝敬

法国学生安娜已经62岁了，她是随她当记者的丈夫来中国常驻的。虽然已经60多岁了，但学起中文来，她一点也不逊色于年轻人：经过三年多的学习，她已经能为她来华旅游的朋友当翻译了。虽然居住在中国，但每隔几个月，安娜都要回法国看望她的高龄老母。他们自己的家在巴黎，而她的母亲今年已经86岁，一个人住在法国南方的一个小城市。因为母亲年事已高，他们兄弟姐妹四人曾经开过一个家庭会议，决定为母亲请一个保姆，每天来照顾她。虽然费用很高，但他们一直坚持给母亲帮助（当然他们的母亲有退休金），以使母亲能平静幸福地度过晚年。最近，她回来告诉我，她的母亲开始出现老年痴呆的症状，一件事总要说好几遍，而且容易忘事，有时会不认识过去熟悉的人了。她说，这太可怕了，可能有一天母亲就会不认识她了，所以她更加担心母亲的健康了。

我的另一个比利时学生卡特琳娜也非常孝顺。当年，她出生在非洲，那时她父亲在非洲服兵役。在她两岁的时候，她的母亲抛弃了她和她的父亲，跟别人走了，是父亲把她带大，所以她对父亲感情特别深。她在一个护士学校毕业后，来到了一家医院工作，并在那里邂逅了她后来的丈夫。她的丈夫人很聪明，但却是个谨小慎微的人,与她的性格正好相反,他们完全是互补型的,所以他们生活得很幸福。因她的丈夫是职业外交官,收入较高,所以在有了一些积蓄后,他们就在布鲁塞尔郊区买了一块地,并请人为他们建造了一幢房子。在开始建房子的时候,卡特琳娜就与她的丈夫商量好了,在他们的大房子旁边,还要盖一幢小一点的,并与他们的房子相通,以便能更好地照顾她的父亲。现在,一回布鲁塞尔,他们等于生活在一起。每次吃饭的时候,只要一敲门,她的父亲就会从那套相对小一点的房子推门进到他们的房子里来,即使刮风下雨也无妨。

我还有个学生是非洲马拉维人,叫贾斯丁,他也是职业外交官,今年54岁。他两岁的时候,母亲就去世了。在母亲去世后不久,他的父亲就到另一座城市,并与另一个女人结婚了。他是在舅舅家长大的,因为舅舅开了个饭店,经济条件较好,这使他从小就得以接受良好的教育,并成了一名职业外交官。几年前,他的继母也过世了,他的父亲年事已高,孤身一人,生活很不容易。他得知这一情况后,就主动请他的父亲来跟自己一起住,并开始照顾他的生活。开始的时候,他的父亲还有些不好意思,因为觉得自己没能从小很好地照顾他,内心充满了内疚,但在贾斯丁的坚持和诚挚邀请下,最后他老人家还是接受了邀请。

汉语中的"孝"字,在外文中似乎没有非常对应的词,但是在人类生活中,在子女或晚辈对待父母和长辈的态度上,各国人民之间是有共通之处的,这也许是人类的"性本善"吧。

从一个非洲外交官的想法想到的

我有个非洲学生,是个武官。他在中国工作八年了。他对中国有了自己的一些观察和了解后,说他想写一本书,阐述一下他的一个想法,即非洲应该以中国为榜样,希望有个毛泽东那样的人物,带领非洲人民彻底摆脱欧洲殖民主义者的统治,让非洲人民也过上好日子。

我经常给他讲解中国历史方面的知识,所以在认识我之后,他对中国更了解了,尤其是中国近代史和现代史。我告诉他,中国从1840年以后就进入了半殖民地和半封建社会,帝国主义对中国的侵略和强加给中国人民的不平等条约使中国人民在近代史上遭受了惨痛的剥削与欺凌,直到中国共产党及其领导的人民解放军在1949年建立了中华人民共和国。而他的想法也让我想了很多:一个民族有时候真的需要一个伟人或者说一个伟大的团队,把大家团结起来,引领大家走向强盛。民族越弱小,越分散,就越不可能强盛。

我曾于2002—2004年被外交部派到某国工作。那个国家近代也曾被殖民主义者统治了100多年,后来于20世纪70年代独立了。这显然不是宗主国的初衷。小国无外交,他们独立后,一个总统被雇佣军的头子杀死在其总统办公室里,另一个总统在访问宗主国时,于回国后的第二天突然暴病身亡(后据分析,是宗主国派人在其饮食里下毒将其毒死的)。在这个弱肉强食的世界,小国人民只能忍气吞声,逆来顺受,苟延残喘。在非洲和其他被殖民主义者统治或殖民过的国家,这种事情也是屡见不鲜的。

由此我想到,我们的国家之所以今天又崛起强大了,是因为我们国大人众,有经天纬地的政治家和勤劳智慧的人民,尤其有丰厚的历史智慧和文化遗产。如果当初秦始皇没能统一六国,没有统一度量衡和文字,我们国家可能至今仍是分成若干个小国的地域,更容易被列强侵略和殖民。而今天,在中国,无论你走到哪里,我们都能使用同一种语言,使用同一种文字,因为我们都是中国人。中国现代史上,如果没有毛泽东,没有共产党,恐怕我们的现代史还要重写。今天,我们有了已经觉醒了的十三亿五千万中国人民,有了我们强大的军队和现代化装备，任何敌人如再想将任何无理的东西强加给我们，我们都可以说"不"，可以自己掌握自己的命运。

后来几次给他上课，他又说到他的这个想法，他说："那些传统的殖民主义者是不会同意的，他们会想方设法阻挠破坏非洲的发展。美国人推翻了伊拉克的萨达姆，北约推翻了利比亚的卡扎菲，法国驻非洲的部队逮捕了科特迪瓦的前总统巴博，并把他押送到海牙国际法院审判，等等。但是我们非洲的小国一定要学习毛泽东，走中国革命的路，以实现翻身解放，虽然这是很不容易实现的事情。非洲只要一天没能彻底翻身解放，非洲的世纪就永远不会到来。"

我想，不是大国，没有伟人，想翻身解放，获得真正的独立，是不容易的。但是，中国的发展模式和给他们提供的援助以及双方贸易中他们得到的实惠，确实让非洲人看到了希望，非洲大陆的发展已经开始，并初见成效。真诚希望非洲国家的人民能在不久的将来获得巨大发展，人民也能过上幸福美好的日子。

所以，我们每个中国人，都应该珍惜我们来之不易的幸福生活，要更爱我们的国家，努力维护国家的安定团结统一，使我们的国家更强大，制度更完善，永远不再被外族侵略、奴役和侮辱。

法律和制度的作用

在我教外国人汉语的几十年教学工作中，曾跟几个学生谈到国家的法律和制度的问题，这几次对话都给我留下了深刻的印象。

2001年至2002年，我曾经教过一个欧盟驻华使馆的参赞加戴女士，她来自与瑞士接壤的法国东南部因出产法国依云矿泉水而名声远扬的埃维扬

(Evian)小镇。因为我曾经在我国常驻日内瓦联合国代表团工作过三年多,自然对日内瓦和周边情况比较了解,所以与加戴女士第一次见面就谈得比较投机。她当时已经56岁,但从未结过婚,家中尚有老母亲,所以每隔一段时间她总要回法国去看望她。

一次课上,我们谈到贪污腐败的问题,她告诉我,贪污这种事情,在法国很少有人去干,因为法律非常严格,几乎所有人都害怕因为贪污进监狱。因为人们的收入已经足够使他们生活得很好,所以,人们也没必要去铤而走险。她说,她一生努力工作,只能是个中产阶级,不可能变得非常富有。她年轻的时候,曾经做过审计的工作,作为税务部门的审计,她曾和另外两个人去一家非常大的法国企业查账,审计的税务金额会达到数亿法郎,如果他们稍微查得松一些,睁一只眼闭一只眼,就可能会收到巨额的好处费,但他们当中,没人敢这么想,更别说敢这么做了,查账的人不敢马虎,被查的公司也没人敢向他们行贿,而且他们是三个人一起查账,就更不可能发生这种事情。

后来我又教过阿尔及利亚的驻华武官巴纳特先生,他一米七三的个头,炯炯的眼神透着他的聪慧和精明能干。他对中国人很友好,但对我们东部的邻居印象却不怎么样,他说,他来华之前在阿尔及利亚海军当舰长,曾经在地中海的海上查扣过一个日本渔船,因为这艘日本渔船未经允许在阿尔及利亚的领海上捕捞了大量的鱼虾。后来,这艘渔船上的日本人不仅将他们打捞的鱼虾交给了阿方,还被重重地罚了款。他对伊斯兰教的教义相当了解,也非常虔诚,每次上课,总要用一些时间给我讲伊斯兰教的教义,我也不时地说出我的看法。他告诉我,《古兰经》不可能出自一个凡人之手,即使是个现代的大学教授,阿拉伯文的水平很高,也不可能写出这样的经卷,无论从用词,还是到语法和句子的结构,都非凡人的力量所能达到,所以,《古兰经》只能是上帝派到人间的穆罕默德带给人间的。

  有一次,我教他在中国的市场买东西,要学会砍价,因为我们的商人要价常常比实际进价高。可是他告诉我,在阿尔及利亚,市场上的商人不可能把他们的商品的价格抬得很高。因为该国法律有规定,商人在出售商品时,其利润不能超过其商品进价的17%,否则,一旦被税务部门发现,将会被重罚。该国税务部门的人会不定期对市场上的商贩进行检查、核对,令其出示商品进货发票,以对其商品售价进行严查。所以,在阿尔及利亚,买东西从来不用砍价,根据卖价,你就能知道他商品的进价大约是多少钱。

  我还教过法国阿海珐公司的工程师阿克曼先生和他的夫人多米尼克,他们虽然年龄都已经60多岁(法国男人的退休年龄已经延后到65岁),但学习中文的热情不减,每次都认真记笔记,提各种问题。他们对中国文化方面的问题尤其感兴趣。他们的三个孩子都是大学或研究生毕业,他们说,虽然没给每个孩子置办一套房子,但在教育方面他们对孩子们的投资很大,所以现在他们每个人都已长大成人,并且都有了比较理想的工作。

  一次在谈到我国每年的高考时,说到总有人作弊或请枪手代劳最终被查处的问题,他们告诉我,只要发现有某个学生考试作弊,那么这个学生就永远不能参加高中毕业会考(类似于我国高考)了,因为他丧失了诚实做人的原则。在法国,人们把诚信当作一个做人的原则,失去诚信,也就失去了未来。自己作弊已是冒着很大风险了;替人作弊,这该是多大的代价,给多少钱也不值得。

  所以,一个国家治理的情况如何,跟这个国家订立的法律制度和执行法律制度的能力有关。如果一个国家没有严格的法律制度,老百姓们就会无法可依,无制度可循,他们就会各行其是、我行我素,就会使社会产生混乱;但如果一个国家有法律有制度,但没有执行能力和严格的监督和惩罚措施,法律和制度也只能是废纸。所以我想，在这方面，我们要向社会治理得好的、有良好经验的国家学习，把我们国家也建成人人守法、人人敬法、人人畏法、人人讲诚信的社会。

我的学生戴克澜大使

>>> 王本顼

作者介绍： 王本顼，男，1930年出生，1949年毕业于北平市第七中学，同年考入北平燕京大学新闻系转西语系，1952年院系调整并入北京大学俄罗斯语言文学系。1954年毕业，被分配至中国驻挪威大使馆任大使翻译，1960年入外交部翻译室工作，后调入北京外交人员服务局任外国武官使团秘书长、汉语教师，后历任外交人员综合服务公司副总经理、外汇免税商店总经理。在教学之余，王本顼老师兼任服务局翻译评审委员会主任、中国老教授协会清华北大国际交流委员会委员，曾受邀赴加拿大阿尔伯塔大学为短期客座教授，任

王老师在指导大使练书法

美国匹兹堡大学客座教授。

在长期的国际汉语教学生涯中,王本顼老师是名副其实的桃李满天下,学生遍及五大洲,先后教授过17位外国驻华大使、6位公使、8位参赞、6位将军和多名外交官。王老师的人生格言是:活到老,学到老;生命不息,奋斗不止;为国争光。

"爱尔兰是一个小国,但与中国却有着同样的经历。"一个壮实的欧洲人语气平缓地跟我说,"半个世纪前,我们是欧洲最穷的国家,不少聪明的年轻人纷纷移民美国和加拿大;20世纪80年代,我们开始了改革开放……"他扶眼镜看了看我:"对,是改革开放,跟中国的深圳一样,香浓是爱尔兰的经济开发区。"说这话的人叫 Declan Kelleher,中文名戴克澜,爱尔兰共和国派驻中国的特命全权大使。他这番话,对我——他的汉语老师说过,也不止一回地跟别的中国人说过。这番话在中国可谓很接地气,引起了包括我在内的很多人的共鸣。

2004年,戴克澜先生被委任为驻中国大使,在北京一直工作到2013年。作为大使,他每天的日程都排得满满的,但是他坚持抽出时间来学习汉语。刚来中国时,他的汉语水平是零起点。第一次上课就让我印象深刻:戴大使说他渴望学习汉语,说他对中国的哲学、文化和经济有浓厚的兴趣。"我有决心要学好中文,并懂得中国文化。"他强调说。看得出来,他是认真的。我便建议他要听说读写齐头并进,打好基础,向最高的目标努力。

戴大使听进了我的建议,真的从头开始,不光学习听说,还坚持学习汉语中最难的内容:汉字。在中国工作的九年中的八年,戴大使坚持利用每个周末的上午和平时晚间的空闲时间学习中文。同时,我还陪同他一道,深入到中国各地去旅游参观,先后去过西柏坡、贵州、黑龙江,北京的各处名胜就更不用

外交官 学汉语的故事

说了。他珍惜每一次学习的机会，不放过任何一个不明白的问题，也不放过任何一个可以练习的对象，哪怕对方是民工。

说到民工，不得不提一下戴克澜大使的一项善举。通过戴大使的努力，爱尔兰政府为中国的一所农民工子弟学校"百年职业学校"提供了赞助，该校已扩建为八所，农民工子弟通过系统正规的专业学习，熟练掌握了专项技能，成为建设的生力军。上海世博会期间，爱尔兰总统玛丽·麦卡利斯（Mary McAleese）亲临该校参观。"我是农民出身，和中国农民工子弟有同样的遭遇，当然愿意帮助他们提高工作技能和生活水平了。"戴大使动情地说。爱尔兰总统访华期间，戴克澜大使忙前忙后，又是总协调官，又是翻译官，用自己流利的汉语跟中方进行有效的沟通，麦卡利斯总统和她的丈夫还专门要求跟我和夫人单独见面并合影。总统对我说："感谢您卓有成效的教学，使我们有一位汉语说得这么地道的部长和大使（戴克澜大使来中国前已经是爱尔兰的部长级官员）。"

健谈、博学、睿智，是一个驻外大使应该具备的条件。这些戴克澜大使都

王本顼老师夫妇与爱尔兰前总统玛丽·麦卡利斯（右二）和丈夫合影

具备,其突出之处还在于他是真正地吃透了两头(借用毛主席的语录):一头是本国,一头是驻在国。你听,他在各种场合就爱尔兰、就中国和就两国之间的合作,侃侃而谈:

"20世纪80年代以来,爱尔兰以软件、生物工程等高科技产业带动国民经济发展,并以良好的投资环境吸引了大量的海外投资,完成了从农牧经济向知识经济的跨越。"

"2010年,爱尔兰总统玛丽·麦卡利斯访华;去年(2012)2月,习近平主席访问爱尔兰;同年3月,爱尔兰总理访问中国;今年(2013)8月,爱尔兰副总理访问中国……两国的友好关系进展顺利。爱尔兰和中国从教育、贸易、文化、投资、旅游到农业食品各个领域都有不同程度的良好合作,两国人民的了解和友谊不断扩大且日益深化。作为驻华大使,对此我非常高兴,非常骄傲。我们还要百尺竿头,更进一步。"

"中国有5 000年的文化和历史,爱尔兰也有丰富灿烂的文学、音乐、舞蹈,爱尔兰还出了萧伯纳等4位诺贝尔文学奖得主,爱尔兰的踢踏舞——《大河之舞》享誉世界,我们大家熟悉的世界名著《牛虻》的作者伏尼契也是爱尔兰人。……文化可以让人们互相了解,文化交流非常重要。"

"现在,爱尔兰人也开始过春节了。中国驻爱尔兰大使馆组织当地华人欢度春节的活动十分热闹。目前,爱尔兰在外国的留学生人数,中国是第一,美国是第二。"

"发展的基础是社会的稳定。邓小平先生说过,'稳定压倒一切'。爱尔兰社会治安好,政府、老板、工人、农民团结统一,稳定平等,面对经济挑战,整体调整,有了危机就可以很好地克服。中国话说得好:'三个臭皮匠,顶个诸葛亮。'"

外交官 \ 学汉语的故事

王本顼与戴克澜大使等合影

"半个世纪前,我们是欧洲最穷的国家,不少聪明的年轻人纷纷移民美国和加拿大;20世纪80年代,我们开始了改革开放……跟中国的深圳一样,香浓是爱尔兰的经济开发区。"(作者注:恕我重复引用)

这些都是戴克澜大使在精心准备后,用中文表述的。随我学习中文八年,戴大使充分展示了一个勤奋学生必须付出的努力,展示了一个聪明学生应该具备的方法,展示了一个目标远大的学生应有的格局。

经过八年孜孜不倦的学习,戴大使对中文和中国文化产生了浓厚的兴趣。他两次向爱尔兰外交部申请延长在华任期(一般大使任期为三至五年),在中国一待就待了九年多。2013年9月离任前,他公开或私下多次说舍不得离开中国。他带回去的两大箱中国典籍包括四书五经、四大名著、《道德经》等共有两百多本,还有一些书法绘画作品等。回国后,他被提升为副总理级驻欧盟总部代表团团长(布鲁塞尔欧盟总部是爱尔兰外交核心重地),在他宽大明亮的办公室里挂着中国的书法"百尺竿头更进一步",他说这是他的座右铭。为了创造继续学习汉语的环境,他订阅了《人民日报》海外版,坚持阅读社论等新闻评论,还保持与中国大使的联系,争取更多的说中文的机会。此外,他还和我建立了电子邮件、微信、QQ等多种方式的联系,也常常打电话和我聊天。两年半的时间里,我收到来自他的微信足有1 200多条,全部都是用中文写的,发来的照片也有50多张。不仅如此,他还利用每年在比利时欧盟的25天假期专程来北京租一套万豪公寓,每天上午学习两个半小时汉语。他是王府井书店的常客,习主席在各种场合的讲话他都买来阅读,仅是《中国近代史》他就买了好几个版本。他特别感兴趣的小人书是《霓虹灯下的哨兵》、《狼牙山五壮士》、《孔子七十二贤弟子》等。为了提高口语水平,他对使馆的中国雇员都说中文,还不时向自己的专职司机请教,他常用一句中国成语自夸——"敏而好学,不耻下问"。为了学好儿化音,他特地买了一辆天津生产的飞鸽牌自行车(不是驻京老外们常骑的欧洲高档变速自行车),一有空就骑着这辆普通老百姓的"飞鸽"走街串巷,跟退休的大爷大妈们聊天,学着北京人的口吻拽"儿化韵"。他常去的胡同有方家胡同、新鲜胡同、干面胡同和金鱼胡同等。在清华、北大等高校和一些民间企业邀请参加的演讲和晚会中,他也总是先"秀"一大段中国话。他还经常骄傲地跟我讲,他被胡锦涛主席、温家宝总理等要人接见时,自己还用中文讲了什么什么。

除了学习语言,戴大使对中国文化也非常着迷。先后熟记了500多条中国成语,并且能够在适当的场合恰如其分地引用它们。他还在我的指导下,学习书法,光是"福""寿""安"三个字就练习了两个多月。

看着戴大使用流利的中文与中国各界人士自如地交流,看着他一步一个脚印地成为欧洲一个级别很高的"中国通",作为陪伴他整个八年学习汉语艰辛过程的老师,我感到由衷的高兴和自豪。

跟洋学生的掰扯

>>> 杨克俭

作者介绍： 杨克俭，男，现为北京外交人员语言文化中心教师。

作者感言： 我的英文名叫 Sonny Yang。Sonny"有小家伙、年轻人"的意味，我希望自己要永远像年轻人一样充满活力；Sonny 有两个"n"，我希望自己比索尼（SONY）的品质还要好一点；另外"Sunny"是充满阳光的意思，和"Sonny"的发音一样，我希望自己充满阳光，性情开朗。自古以来，文人安贫乐道，是一个保障社会公序良俗的群体。家国情怀，忧国忧民，以及对道的承载是他们的不懈追求。我希望通过努力，自己能够成为其中的一员。我毕

杨老师和他的学生

业于首都师范大学英语系，后来在外交学院脱产学习两年。在我最应该读书的时候，我没有找到一张安静的书桌，这成了我的遗憾。我是属于生下就挨饿、上学就停课、分配就插队、回城找工作的那一代人。历史如同伟大的母爱，没有抱怨，只有宽容、包容与不争。我的经历使我"很接地气"，这成为我的"优势"。我喜爱对外汉语教学工作。自1985年以来，我先后在《工人日报》、《北京晚报》、《三月》文学杂志、《建设报》等报刊上发表过小说、译作。我的人生格言是：人文化成，孜孜以求。

对对对，就是这个词儿

我教过一个马拉维的学生，小伙子又黑又壮，性格可是特别温柔，慢条斯理的，从不发火儿。他学中文的方法很特别：一，没书；二，老师不知道下节课讲什么——老师不必知道，也没法儿备课。

每次上课，我都是坐那儿等他。他像老师一样先打开他的笔记本开始问我问题："'一步到位'是什么意思？""'高大上'是什么意思？""中国人为什么尚古？"如果他的发音不准，或是我听不懂他说的，那可就瞎了。这事儿不是没有过。我得和他核实很多次，才能猜对意思。终于猜对了，他才满足地连说："对对对，就是这个词儿。"

有时我得知道话题或者问题的语境才能更准确地知道他说的是什么词儿。可偏偏有时他也说不清。他只说是听来的，谈话的主题他也不知道。他有时在酒吧里喝酒，和中国朋友聊天，有的问题他当时就问中国朋友了，有的问题当时没问，然后找我上课解答。

这种学习汉语的方法有它的合理性。他是从生活中学习，学的是活的语言，是有生命的语言。在和老师的沟通过程中，他练了听力、练了谈话的方法和技巧。在语言的"传递""核实""确认"的过程中,他也纠正了发音,加深了对所学内容的印象。他听不懂时,会让老师现场造句,有时造一个句子后,他还不懂,我就再造,直到他自己认为会了为止。这倒也是个重复记忆和加深记忆的过程。难怪他发音很准,而且交流还比较流畅。

他提过很多问题,我没回答上来的也不少。上面提到的三个问题是我印象比较深的,也是我觉得没有回答好的三个问题。我想抛砖引玉和更多的朋友分享,也希望有更好的答案。

"一步到位"是中国人的一种价值取向。似乎买了一件"一步到位"的东西,在未来相当长的时间内,都可以感到满意、作为满足的资本。这的确是一部分人的追求。所以有的商家总是说自己是国际顶级品牌,尽管这与广告法不符,但这样的宣传的确能招来不少客户。比如说车吧,大城市很多人是买三厢车,买奥迪、奔驰、沃尔沃,尽管维护成本很高。其实,所有的消费者都有这样的心理。比如苹果公司,他们的手机隔三岔五地升级,虽然有时是革命性的改造,但更多的时候只是形式的稍微调整而已。"引领潮流"是商家不太愿意提及的营销策略,首先吊足大家的胃口,然后引来跟风。你想一步到位,但永远也到不了位。一天,他有些神秘地问我:"一个女孩子说她找老公要一步到位,那是要找什么样的一个老公,是最好的吗?最帅的吗?"我一时语塞,就我所知,恐怕还真不能这么理解。我解释了好一会儿,他张着大嘴,两手朝上做U字型夸张地举起。他一定受到了很大的冲击!

"高大上"也往往体现在消费上,其实也是价值观的问题。高是高级,大是大气,有气派。尽管一米五高的大红沙发对于层高两米五的房间来说并不协调,但还是有人喜欢。"上"就是上档次。比如家具,黄花梨的才能上档次,如果是柴木的就差点儿意思了。"上"可能还有时髦、赶上时髦的意思。学生听了我的解释后自我调侃说:"那我一定是'低小下'了吧?我的家具连木头的都不是。"

"尚古"就是崇尚古代。崇尚古代的什么呢？难道中国人崇尚古人的粗茶淡饭吗？中国古代穷人也不少嘛。难道中国人崇尚古人终日辛苦的劳作吗？中国农民几千年的农业税，是近十来年政府才取消的。中国人的"尚古"，崇尚的是过去的文明，崇尚的是古人创造的那些美的事物，那些美好的精神产品和物质产品。青花瓷要崇尚元青花、清三代。"斗彩"那得是明朝成化时期的才行。"珐琅彩"非乾隆爷时期莫属。中国的山水画首推东晋顾恺之的《洛神赋图》，当然人物、花鸟、走兽、界画、风俗画各有魁首。中医必看《黄帝内经》和《本草纲目》。要跟基本词汇都掌握不全的洋学生来掰扯这些概念，常常累出我一身大汗。

我不得不说，这是个十分特别的学生。说他特别，不仅仅是他学习的方法，还在于他这些形形色色的问题，强行把我带入了一个需要认真思索的境界。这需要搜索枯肠地寻找合适的答案，需要广泛地阅读和准备材料，还需要在跨文化的比较和权衡中，找到合适的语汇来表达。

被学生炒了

第一次给日本学生上课，一见面她就是立正、鞠躬，说："我是……，请多关照！"我长这么大没经历过这个。日本女弟子谦卑的形态、柔和的话语，让我颇有点受宠若惊的感觉。受此感染，我也来了一句："我是……杨，请您多关照！"还用日语重复了一下，说实话，我就会说这一句日语。

我很少有机会教日本学生，就用了心思想把这个学生教好。

正像我的一位法国学生常说的"你总得有动机吧"，我想教日本学生就是有我自己的动机的。那就是想更多地了解日本，我对日本知道得太少了，我希

外交官 学汉语的故事

望能从日本学生那里解答我多年来的疑问。

也正因为有这样的动机,我教得就特别卖劲。为她编写教材,进行语用训练,设置语境,编写话题,所有我认为会遇到的语言、文化上的难点都囊括在内;想象她会在不同的语境下怎么问,如何回答;结构、功能、文化都想到了。为一个学生编教材和为一千个学生编教材是一样的。

每次下了课,她只要有问题我都会让她问完,我都一一作答,毫不松懈,哪怕拖堂也要给她答完。我希望她能带着满意的心情离去,她学到了知识,我就会感到很有成就感。

她对中国的太极图感兴趣。

"万物是由阴阳组成。阴多了,阳就少了,阴少了,阳就多了。只有阴阳平衡身体才能和谐。阴指暗的坏的东西,阳指明的好的东西。明的东西和暗的东西、好的和坏的东西同在一起,又能和谐统一……"我耐心地解释说。

但是非常遗憾,我把她教跑了。

那天,她没有来。我傻傻地坐在只有一个人的教室里,反复琢磨着当天的课该如何讲。等了半节课还不见学生来,我拿起手机给她打电话,没人接。我失望地打给教学部,想问个究竟。教学部的老师说:"她不来了,本想告诉你,可是忙忘了。"

"不来了?是永远不来了,还是今天不来了?"

"她说想换老师。"

我太不识相了。其实就是我教得不咋地呗,学生把老师炒了。人家教学部的老师是给我留点面子。我失望地挂断电话,坐在空荡荡的教室里,发呆。

也许是我的过度热情把我的学生给"烫伤"了,离我而去了。这让我十分伤心,多日无语,茶饭不香。

我实在憋不住了,就去请教一位学日语的师兄谢老师。我们先是扯谈些别的，说什么日本也有古玩市场，方便时要结伴而行。寒暄过后，有短暂的冷场，谢老师用他那富有洞察力的眼光一眼就看出了我的来意，说："教日本学生一定要注意非奸即诈的道理。"乍一听，我真有点丈二的和尚摸不着头脑，不知所云。他解释说："你要想在他们面前讨好，你可错了。他们可是这方面的行家、高手儿。他们深谙此道，无事献殷勤，非奸即诈。"

我顿时如同五雷轰顶，随后是茅塞顿开！同为亚洲国家，日本的文化和中国的文化应该没有巨大的鸿沟，没想到我的日本学生对她的中国老师的热情解读得这么精密。

外交官 学汉语的故事

这群作者故事多!

语言文化中心大楼照

三里屯北小街幽静的街边,一座爬满青藤的小楼吸引着行人的目光。这座小楼就是本书的作者们工作的地方。北京外交人员语言文化中心(简称 LCC),隶属于北京外交人员服务局,是中国对外汉语教学的"老字号",成立于 1956 年。60 多年来,有来自 100 多个国家的 20 000 余名各界人士在此学习,其中包括美国前总统老布什、印度前总统纳拉亚南等知名人士,在这里学习过的大使就有 300 余位。1983 年至今,泰国公主诗琳通的 9 位汉语教师均由 LCC 派遣。目前,除外交人员外,外国驻京企业人士及其家属也成为 LCC 的主要生源之一。

LCC 的老师们骑着单车,出入于各国驻华使馆,每天"出国",有时候一天之内,还要"周游列国",为外国使节们教授汉语、介绍中国文化,在中外文化的碰撞中,深刻体会着跨文化交际的趣味与奥秘。在精神层面,他们每天在传统与现代、中国与西方之间穿梭出入,是一群"非常有故事的人"。

希望各位喜欢他们讲述的故事。